転換期を読む33

大岡信◆著　野沢啓◆編・解説

思考すること ば

未來社

思考することば★目次

Ⅰ　ことばの力

Ⅱ　「てにをは」の詩学

凡例

・本書は故・大岡信氏のことばをめぐる考え、観念を、さまざまな書物のなかから編者が精選し、編集・集録したものである。
・ここに集録された大小十四篇は、著作権継承者・大岡かね子氏の全面的承諾とともに、それぞれの出版社の了解を得たものである。
・集録にさいしては原則としてオリジナルのままの表記としたが、編集の都合上、一部省略ないし補注をくわえた部分がある。

思考することば

装幀——伊勢功治

I　ことばの力

新しい抒情詩の問題

　ウィリアム・フォークナーは、昨年（一九五四）発表した『寓話』が五四年度最良の小説として全米図書賞（N・B・A）を受けた機会にニューヨークに出てきて、ニューヨーク・タイムスの記者に次のように語ったそうである。

　自分は郷里のミシシッピー大学で、現代の米国の五大作家は誰だと思うか、またその理由は？と聞かれたので、ウルフ、ヘミングウェイ、ドス・パソス、コールドウェル、それに自分だと答えた。このうちウルフが第一位、自分が第二位で、ヘミングウェイは最下位だと思う。われわれ作家は、いずれも不可能を可能にしようとしてみごとに失敗する失敗者だと私は思うが、この失敗ぶりを土台にして順位をつけると右のようになる。ウルフは不可能の最大限に向って努力した。すなわち、あらゆる人間の経験を小説化しようと努力した。ウルフについでこの努力を最も多く試みたのは自分だと思う。ヘミングウェイを最下位にする理由は、彼が自己の知識の範囲に留まっていることだ。その限りでは見事にやっているが、彼は不可能に対して試みたことはない。彼は自分がためしてみてから書くので、つまらないものでも捨てないようだ。自己の範囲から外にはい出したことは一度もない……。

これは四カ月ほど前に、新聞の片隅に報じられたものだが、この記事がはたして正確かどうかぼくは知らない。しかし右の言葉は興味がある。小説の優劣を、不可能に迫る作家の失敗ぶりに照らしてみるという考え方は、はっきり一つの小説観をふまえているが、こうした考え方そのものは格別新しいものではないかもしれぬ。しかし、詩については決してこういう言い方はできないだろう。その点が興味があるのだ。詩は、失敗の度合によってはその価値を評価することができない。失敗は、詩の場合には美徳となりえないのだ。小説にあっては、事物が常に時間の中で過ぎゆくものとして捉えられ、従ってその完結した相貌は、読み了えたあとの、「ここに一つの人生の幕が閉じた」という感じの中でしか浮かび上ってこない。つまり、失われたものの完全性ともいうべきものへの追憶感の中でしか感じとられないのだが、詩はある一点に凝縮され、見据えられた一つのヴィジョン——とりわけその完結した、総体性——だけを明らかにするのをその特質としている。詩人が観念でなく、いわば形象で思索するのも、詩のこうした性質に由来するのだが、形象を手がかりにしてヴィジョンを表現する詩にあっては、フォークナーのいうような意味での努力の量は、詩の優劣には無関係だといっていい。

素材とよばれるものに関しても、小説と詩の間には決定的な相違がある。小説にあっては素材は小説家のヴィジョンの実現され、肉化したものにほかならぬ。一方、詩にあっては、素材は詩人のヴィジョンを実現するための手段であるにすぎぬ。従って、詩における素材は、その機能からみれば透体だといってよく、全体的ヴィジョンの成立によってはじめてみずからも固体性を獲得するといえるのだ。いわば、詩における素材は、表現の完成ののちにはじめて発見される。それは詩の中に引きあげられる以前に有していた、特定の時間における特定の相貌を洗い落され、全く新しい、生れたばかりのような相貌を示す。それは詩人個人の特殊な感動によって発見されたものであるにも拘らず、表現されたのちには、詩人のモチーフから独立した、普遍的な物質性を獲得するに至る。

ぼくらがすぐれた詩を読んで、詩作の衝動を誘われ、さらに言えば、霊感を与えられるのは、こうした素材によって成り立つ詩が、すでにあらたな「もの」、あらたな自然に化しているからにほかならぬ。ぼくらはそこに一詩人の思想や感情の表白だけを読みとるのではない。そこに一つの自然、一つの世界を読みとるのだ。それは個人の過去の影を脱落させた現在そのものである。「主体は消滅し、客体が主体の生気と活動力を奪って起きあがってくるような詩。」と、最も若い世代に属する詩人、前田耕はその詩集『目撃』の覚書に書き記したが、すぐれた詩は一様に、こうした非個人性を有しているように思える。それは夥しい個人的な記憶をちぎり捨てたあとに残された、灼熱する普遍的な記憶とでもいうべきものだけで構成されているようにみえ、同時に、ぼくらの内部にひそんでいるそうした記憶をかきたて、揺りさますように思える。

たしかに、すぐれた詩を読む場合、ぼくらは詩の背後に捨てさられた夥しい記憶が、沈黙の豊かな余白となって、眼に見える言葉を押しつつみ、支えているのを感じるのだが、この余白は決してぼくらをその詩人の過去の特定時へ誘いはしない。それは熱烈に燃焼する余白であり、余白以外のものではない。それは、過去が真に現在に変貌した時にみせる姿であり、過去は自らを燃焼しつくすことによって現在の中になだれこむのだ。たとえば、次の詩句——

石膏の皮膚をやぶる血の洪水
針の尖で鏡を刺す　さわやかな腐臭
石膏の均勢をおかす焔の移動
光の車座に絶えず陥没する　みじめな階段

ざわめく死の群れの輪舞のなかで
きみと宇宙をぼくに一致せしめる
最初の　そして　涯しらぬ夜

これは清岡卓行の傑作『石膏』の最後の一連だが、ぼくらはここに、清岡氏の記憶を構成する個々の事物を読みとることはできない。にもかかわらず、ここには、圧縮され、燃焼している純白な記憶が行間にうちふるえている。それら、空白の中に費された記憶の堆積から、石膏と血が、均勢と移動が、生の転位を暗示しながら、詩という一つの秩序――正確に言えば秩序のパターン――の中で、均衡しつつ浮かび上ってきたのだ。すなわち、ここでは詩人のモチーフは、すでに詩の行間に姿を消し去っており、モチーフの実現だけが読者の前に残される。

読者の側に立っていうならば、詩の成り立ちがこのようなものである以上、読者は自分の前に実現されている世界、この、特定の過去をもたず、つねに現在である、生れたばかりの世界に、読者自身のうたの素材を自由に見出すことができるわけだ。詩人は夥しい素材を記憶の中で組み合わせ、解き放ち、変容せしめ、ついにはそうした個々の素材によって支配されることがなく、逆にそれらを秩序づけている一つの世界をつくり出すのだが、読者はこうして作りあげられた、時間の支配を拒絶する世界そのものを、さらに一つの素材として、自分自身の詩的感動をそこから出発させる。このようにして、詩は読者を通じて未来の領域に属するのだ。

以上は詩の表現のもつ特殊な性格であり、条件であるにすぎぬ。

ところで、それならば、新しい詩とは何か。まさしく、詩に関して新しさを論ずることは、詩の性格が右のようなものである以上、大きな空虚感を感ぜずにはなしえない。ぼくらが詩に感動する時には、それが新しいから感動するわけではない。もちろん、感動がぼくらを襲う襲い方は常に新鮮だ。だが、感動そのものには、新らしさ、古さの別はない。時間の外側に引きずりだされたとでも言うほかない、茫然自失の状態、それでいて、感性のあらゆる扉が一せいに開けひろげられたような、総体的な激動に身を揺さぶられている状態――これがぼくらの感じうる感動の姿である。だから、詩について新しさを論ずることは、いずれは二義的なものとしか感じられないのだ。

にもかかわらず、ぼくは新しさを考えることの必要を小さく評価すべきではないと思う。それは、詩人が彼のヴィジョンだけではなく、日本語に対して責任を持たねばならないからであり、その責任の果し方には、新らしい方策がないとはいえないだろうからだ。

だが、この問題は、権威をもって語れるような種類のものではない。言葉は、質量をもたない唯一のぼくらの道具だが、まさしくその性質故に、日々変貌しつづけている。しかもそこでは、日々俗悪になってゆくさまだけが顕著である。

ぼくらにとっての日本語、それは何千年かの歴史をもつ日本語そのものではなく、僅々百年の歴史さえ持たない口語にほかならないという事実を忘れてはならないだろう。洗練には程遠く、未分化で、音声の豊かさもなく、形象性に乏しく、従って、音声や形象によって思考するといえる詩人にとっては、粗雑極まる道具である口語、これがぼくらに与えられた言葉である。日本の詩人が、「詩は言葉によって作られる」と言ったら、彼はおそらく怠慢か傲慢かのいずれかの罪をおかしているといわねばならぬ。

日本語を美しくするための意識的な試みは、数多くなされてきた。戦後にも、マチネ・ポエティックの詩人たちは意識的にそうした試みを行った。この運動は、北川冬彦などによって詩壇物笑いの種と罵倒されたが、かれらの試みの根差していた所は、北川冬彦がその映像尊重主義の立場から否定してみせたような音楽尊重主義にあったわけではない。かれらは口語詩が抒情詩の近代化にとって必然の産物であったにもかかわらず、その過程が言葉の無政府状態への道に通じていたことを自覚するところから出発した。問題は、かれらが定型詩におもむいた点にある。マチネ・ポエティックが定型詩を作るにあたって依拠した理論的支柱は、「短い一篇の詩が、無限の可能を孕んだままで、詩人の精神の全的な表現となり、《発生状態における類推《アナロジー》の複合体》となる」ような詩を求める象徴主義の詩論であり、そしてその動機は、口語の無政府状態を救おうとする衝動だった。しかし、これらの理論的支柱および動機が、かりに全く正しかったにせよ、その帰結が定型詩であったことは、マチネ・ポエティックにとって不幸なことだった。なぜなら、ここに生み出された作品は、少数の例外をのぞいては、口語の無政府状態がもたらす日本語の欠陥をありありと露呈する役割を果してしまったようにみえるからだ。おそらく、現代の日本語によっては、正しい意味での定型詩は書きえない。書きえたとしても、それは逆に定型詩の流麗には程遠いもの、日本語をさらに著しくねじまげ、変形した上でしか作りあげられないものであろう。本来、日本語は外国語にみられる、一種非情な機能性をもたない。外国語が、語の音声、形象、意味を、それぞれ独立させつつ、それぞれの機能を個別的に、かつ最大限に働かせるものであり、これが定型詩の成立を可能にする大きな要因ともなっているのに対し、日本語にあっては、これらは分ちがたく複合し、曖昧でしかも重層的な、その意味ではたしかに豊かな世界を形造っている。従って、日本語はそれ自体、一つの小宇宙だとさえ言ってもよく、この事実こそ、短小な詩形の中で表現意欲を完全に満足せしめる、世界に稀な短歌、俳句といった短詩形文学の成立、存続を可能にしたといっていい。

つまり、日本の抒情詩の歴史にあっては、詩人たちは言葉の中にすでに小宇宙を感じとるという習性を身につけているのだ。しかもその小宇宙は、曖昧で暗示的なのをその特質としている。だからかえって、そこから脱出することが甚だしく困難である。たぶん日本語が詩人に対してもったこうした関係ゆえに、日本にあっては詩形の上での様々な実験は行われえなかった。言葉の内部に、たとえ曖昧なものであるにせよ、小宇宙を感じとる以上、詩形は短いほどいいのだ。こうして日本の抒情詩は、短歌や俳句にその最高の表現を見出した。そしてこれらに関する限り、表現は極度に洗練され、深い象徴性を獲得した。しかし同時に、詩人の精神は、表現を突き破ろうとするはげしい詩的衝動から次第に遠ざかってしまったのだ。

日本の詩人たちの精神が、伝統的に閉鎖性を持っているのは、日本の文化と社会との特殊な関係によるところがきわめて大きいことはいうまでもないが、一面、日本語自体の有するこうした特殊性によることも否定できないところである。明治四十年を期として出発した口語詩の運動は、それ故まさしく革新的なものだった。しかし、口語詩の歴史が、日本語の純化、美化の歴史であったとは到底言いえないというのが事実である。むしろ、変革はほとんど常に、日本語のより一層のデフォーメイションという形で行われてきたようにみえる。語感に鋭敏な詩人ほど、アイロニカルな表現で自らをも、言葉をも、ひそかに傷つけるという、極めて変則的な事態が日本の近代詩の歴史に起っている。中原中也の場合がその好例といえよう。日に日に醜さを増してゆくように思える日常語の中にあって、詩人たちはその感性の軟部をアイロニーで武装し、いたわらねばならないのだ。その結果、違和感はますます増大し、詩人はますます孤独になる。少なくとも、次の事実は注目に値することだ。すなわち、近代詩の世界では、アイロニーは育ったが、サタイアはほとんど育っていないのである。サタイアという開放的な他者へのかかわり方でなく、アイロニーという、閉鎖的な、自意識により重点がおかれている他者へのかかわり方。これは同時に、現代詩人たちが、「うたう」ことにはげしい羞恥を感じ、またこれを嫌悪する傾向が強いという事情にもかかわりをもっている。日本の詩人は、孤立を意識することではじめて他者を正視する理由あるいは力を与えられるとでもいえそうな独特な精神的習性をかなり根強く持っているのだ。ここでは自我の地位はきわめて高い。しかしそれは、創造的な自我ではなく、いわば裏返しにされた自我、反映的な自我である。従って、創造的自我の発語衝動のあらわれである「うたう」という行為も、ここではむしろ最も縁遠いものでしかない。

本来、発生時における詩は、集団的な連帯感情に支えられ、またそれを伝達しようとしてうたわれたうただった。それは、人間をとりまく世界と彼との関係についての解釈を伝えるものであり、同時に人間と彼をとりまく世界とを生き生きと結びつけるための媒体であった。つまり、この場合、うたは決してそれ自体では小宇宙ではなかったのだ。意味をもたない発語でも、そのままうたでありえたのがその証拠である。詩人が詩の構造そのものに小宇宙を見るようになったのは、象徴主義以後のことだが、そうしたいわば理論的、理想的態度とは別に、西欧の詩人たちには、こうした詩の原型の記憶が常に鮮明にあるのではなかろうか。現代詩一般の底流としてのプリミティヴィズム――その最も顕著な現われとして、シュルレアリスムの詩や、民族的な記憶の中に詩の源泉を探ろうとしたイギリス四〇年代詩人たちの動きをあげうるだろう――も、単に個人の意識下の世界を掘り下げるのではなく、何らかの意味で神話的世界を指向する、ほとんど本能的とさえいえる動き方をみせている。ロートレアモンやブレイクやイエーツのごとき、幻想的な宇宙像をありありと描き出した詩人たちが、とりわけ強い関心の対象となっているのもそのためだろう。いずれにせよ、西欧の詩人たちには詩を考えることと世界を考えることが別物ではないという、本性化した通念があるように思われる。これに反して、日本の詩人のヴィジョンの質は、おそらく、宮沢賢治や西脇順三郎の場合を例外とすれば、いかに壮大とみえても、ついに個人的感情の単性生殖の感以上に出ないものが大部分ではなかろうか。高村光太郎の愛の詩は、すでにあまりにも有名だが、智恵子夫人への彼の愛の詩は、そのあらゆる激しさ、美しさにもかかわらず、きわめて個人的な情熱の表現の範囲を出ていない。それは、たとえばポール・エリュアールが、愛する女性を世界の相似形とみ、彼女の中に広大で陰影豊かな風景をみると同時に、高揚された理想の肉化をみたような態度とは質的に異るように思える。それは多分次のちがいによるものである。つまり、西欧の詩人におけるヴィジョンは、哲学的意味をになっているのに対し、日本の詩人たちはヴィジョンを心象と同一視する以外に方法を知らなかったということである。ここでは詩人は、心理的事実に即してしかうたえない。従って、詩人の精神が最も高揚した場合でも、詩は詩人の倫理的意識を高くうたいあげるにとどまる。ここにはヴィジョンの完全な解放はないし、詩人の創造衝動の完全な開花もない。詩人は事物の把握に向かわず、逆に自己の心理に反映される形象、すなわち心象にのみ執着する。だから、作品は常にそれに先立つ作品の自己模倣となり、それの縮小再生産となる危険にさらされる。日本の詩人が、従来、たちまちのうちに若年老となり、枯渇する傾向を示したのは、その方法がこうした閉鎖性につきまとわれていたからに外なるまい。言いかえれば、事物の絶えざる再発見がないため、想像力の噴出もなかったということである。事物の心理への反映によって構成される詩、ここではまた、常に対象の未知の部分に切りこもうとする批評精神が欠如している。日本の現代詩と批評との関係について、はじめて真正面から問題をとりあげた小野十三郎が、「物質」の酷烈で美しい相貌について極めて多くを語ったことは、ぼくには決して偶然とは思えない。批評精神は、自らの尾を食う蛇のような真似はできないのだ。それは常に未知、未開の世界を切り拓こうとする。なぜなら、批評とはまず何よりも己れへの批評から出発するものであり、再び同じ場所へは戻れないからだ。従って、これは詩精神と別物ではない。

戦後の詩人たちの現在当面している問題は、おそらく右のような意味での批評の問題である。すなわち、われわれは批評が決して創造衝動へのブレーキではなく、逆に創造衝動の一環に外ならないことを立証せねばならない。これこそ、日本の詩人たちが伝統的に陥ってきた自己模倣の習性、閉鎖的な小宇宙から脱出する道だからである。こうした観点からみると、最近の詩劇への関心や記録文学への新しい試みは、将来の成果がどう現れるかは別としても、注目すべき動きだといえるだろう。たとえば『ルポルタージュ・シリーズ・日本の証言』の中におさめられた安東次男の『にしん』や関根弘の『鉄』などには、戦前の詩人とはっきり異質な場で仕事をしてゆこうとする詩人の姿がある。ぼくらがこれらの著作を読んで最も強く感ずるのは、かれらがその足で歩いて確認した事実を伝える際に、まぎれもなく詩人としてそれを伝えているということだ。何よりも、これらの著作で顕著なのは、生き生きとした想像力であり、それが現象の背後関係を見抜く力を詩人たちに与えているということである。つまり、想像力がここでは批評にとって重大な役割を果しているのである。これらの詩人が、一見詩とは縁のないようにみえるかもしれないこうした仕事から、あらたな方法を持ち帰るだろうことは、充分予想できる。おそらく詩劇の場合にも同じことが言えるであろう。舞台は詩人の個人的な言葉を、その場限りという条件のもとに、多様な思想、感情をもつ集団の中へ投げ入れる。言葉は曖昧な部分をそぎ落されて、直接的、機能的なものとなることを要求されるだろう。劇は、とりわけ言葉の機能的な性質を充分を活かさねばならない文学形式だが、言葉のこうした面への配慮は、当然、一語一語の重要性よりも、群としての言葉の重要性に詩人の関心を惹きよせる筈で、詩人は一語一語の重味に美感を見出すことよりも、語と語の関係に美感を見出すことを要求され、つまりは総体に対する批評的な把握を要求されるであろう。こうした試みから何が生れるかはまだわからない。しかし、日本語の美しさについて再び言うならば、言葉は一語一語を美しくするだけでは足りないのである。むしろ、表現しようとするものの、総体的で正確な把握のみが、一語一語に生気を与え、美しい躍動を与える。その意味で、詩人たちが詩を遠く離れた領域で批評精神をとぎすますことが、詩にとって、また言葉にとってどのように意義深い成果をもたらすか、はかり知れないものがある。

（一九五五年八月）

言葉の問題

言葉の問題ほど論じるに困難で、しかも誘惑的なものはない。困難は言うまでもなく、言葉という、思想構築の素材であると同時に効用をむねとする道具でもあるものを用いつつ、そうした二重の性質をもった言葉そのものを論じなければならない点にあり、誘惑的である理由もまた同じところにある。文学上の表現における言葉というものが、表現する者の個性的な思考を支え、またそれに支えられているものである以上、言葉について考えることは、人間の思考というこの不思議な能力について考えることと別のことではあるまい。思考が言葉より先にあるのか、言葉が思考に先んじるのか――この問題は、一見愚劣にみえるかもしれないにしても決してなおざりにはできないものである。おそらく、ここで思考と言葉をあたかも別ものであるかのように区別しているその区別の仕方に問題があるということは、少し考えてみればすぐに察しのつくことだが、それなら、言葉と思考とは、それぞれ別個の名称を与えられた、実は同じ一つのものにすぎないのか、と問い返されれば、だれしもそんな乱暴な断定はできるものかと答えるにちがいない。それなら一体言葉と思考とはどんな関係にあるのだ。――こういうことについてぼくらは日ごろもっと考えていいのではないか。少なくもぼくには詩について考えること、いや詩をつくるという行為さえ、この、「言葉と思考とは一体どういう関係にあるんだ」というらだたしい問いに対する一人一人の答をのぞいてはありえないとまで思われる。そしてぼくが、現代詩の世界を見ながら、常にある種の不満、不審の念を抱かずにいられないのも、どうやらこの問題に対して詩人たちがあまりに無関心でありすぎるように思えるためらしい。この問題に対する無関心は、詩人たちが最も身近な現実である自分の思考に対して責任を負うことを放棄していることにほかならないではないか。ぼくは今、現実と書いた。まさしく、ここで関わりのあるのは「現実」であって、それ以外のものではない。現実といえばただちに社会という言葉が対句のように浮かぶのが、ぼくらの日常のほとんど本能化した反応である。それはそれで理由のないことではない。だが社会とぼくらとは、ぼくらが自然の中で生きている場合のように、直接的、無媒介的に結びついてはいないのだ。ぼくらは自分の思考と言葉とを媒介として、自分を社会に努力して結びつける。ぼくらはそれと意識せずに、自分を社会に結びつける努力を繰返しているのだ。これが無媒介的に密着している間柄だったら、ぼくらには社会的でしかも個人的である、日常の多くの苦しみはないだろう。苦しみこそ、社会とぼくらとの日々新たな隔絶を証しするものであり、それゆえに、真に社会的な意味において、苦しみは言葉と思考とをぼくらのうちにめざめさせ、それらをしてぼくら自身を社会に嚙み合わす媒体たらしめる。ぼくらをこの社会の中でぼくら自身たらしめる最も身近な現実は、だから言葉と思考にほかならない。したがって、言葉や思考についての反省を怠ることは、自分自身を非現実化することにほかならない。

ところでその言葉と思考とがどのような関係にあるかということだが——。

最初に書いたように、言葉には効用をむねとする道具としての性質と、思想構築の素材としての性質とがある。ぼくらは状況に応じて、一つの言葉を道具として用いたり、素材として用いたりするのだが、そこに区別をたてるとすれば、次のようなことが言えるだろう。つまり、道具として用いられた言葉は、それ自身において、言葉の社会を構成する力を持たず、またその必要もないのに反し、素材としての言葉は、それ自身が言葉の社会を構成する細胞となり、またならねばならぬということだ。こうした比喩的な言い方は、奇矯にすぎるだろうか。これが奇矯に思えるとすれば、それはまさに言葉という、この奇妙な人間の所有物自身に原因がある。なぜなら言葉は人間の所有物のうちで質量を持たない唯一のものであり、そのためにひとは、たとえば絵具に関してその素材としての性質やそれを駆使しての造型作業を語る場合のように明確には、言葉の素材としての性質を意識できないからである。言葉はあらゆる表現手段のうち、最も効用性の強いものであり、そのためにひとは、言葉自身のうちに形造られうる、効用への配慮からは独立した言葉の社会という観念を、非常にしばしば忘れがちだ。そしてこのことがぼくらを考えるという意志的行為から遠ざける。実際、言葉をもっぱら効用の面に限定して用いる限り、ぼくらが、言葉を撰択するというあの拒絶によってのみ成立する知的、意志的行為を必要としなくなるのは当然のことだ。言葉はあれこれの日常生活の断片に付着したきりになり、時が移れば、過ぎゆく日常生活と共に過ぎ去ってしまう。言葉は日常の現実に吸収されてしまうのだ。もちろん、こうした言葉こそ、ぼくらの生活をともかくも運営させている通貨であり、ぼくらの意思伝達の大部分がそのように用いられる言葉によって成立しているのはいうまでもない。

だが、言葉に現実を吸収する能力はないのだろうか。事あらためて問うまでもない。まさしく詩人にとって言葉は常にそのような形で実践的に把握されていなければならないものだ。現実を吸収する――そこで必要なのは、なによりもまず自然的な思考の拒絶である。言いかえれば、一つの観念を得たとき、それを絶対的なものとしてただちに受入れることなく、その観念に対立すると思われる観念をすべて呼び出してこれに噛み合わせるということである。これはいわば、人の思想を展開させる端緒となる一つの観念を、時間の磨滅作用から救いだし、その周囲に可能なすべての思考を呼びよせて、頭脳と情緒に全的な共鳴を起させることであり、つまりはそこに一つの現実、「思考の現実」を構築することにほかならない。現実を吸収するということはこういうことであり、だからこの時この思考の現実を構成している言葉は、それ自身でひとつの社会を形造るに至るのである。

だが、ここで今日詩人が当面する最も大きな矛盾と思われるものが現われる。それは、考えるという行為が、ありていに言って、詩を作る歓びや、その歓びを確実に信じうるものとさせるあの、偶発的と見えて実は深い内的衝動に突き動かされた、言葉の持続的な湧出とは、単純に結びつくものではないからだ。考えるということはまず大抵の場合、ぼくらから詩を作る歓び、あの内心から自然に湧き出てぼくらをさらに言葉の深層部へと駆りたてる歓びを奪ってしまうように思える。これはおかしなことではないか。考えるということは、本来、言葉がその見えない触手で互いに結ばれ合いつつ形造っている意識の深部の広大な組織に、言葉によって導かれながら入っていくことにほかならぬ。ぼくらが考えているとき、突然思いもよらなかった方向から連想作用が働きかけて、跳躍力にみちた観念をつかみとることがままあるということは、言葉と言葉とのあいだに、互に惹きあうなんらかの性質があることを立証している。そしてこれは、まさしく詩が生れる瞬間にほかならぬ。それなら、考えるという行為が詩を作る歓びをぼくらから奪ってしまうようにみえるということは、たしかにおかしなことではないか。

この間の事情を説明しうる理由は、いくつかあるように思われる。

第一に、すでに書いたように、考えるということが現実を言葉の中に吸収しようとする衝動に発している以上、ぼくらに自然に抱かれている観念を一たんは拒絶し、それを相対的な場に戻して、他の多くの対立する観念と嚙み合わせ鍛えあげることが必須の条件となるため、ぼくらはその過程において、非常にしばしば、歓びよりは苦痛に圧倒されてしまうと感じるからである。

第二に、ぼくらのものを考えさせる現実の諸条件が問題だ。つまり、今日ぼくらが考えるとすれば、それはほとんど常に、ぼくらが「考えさせられる」ような現実を生きているからであって、ぼくらはその場合、事象を自分自身の個性的視点から把握するのではなく与えられた視点に立たされて、つまり、ぼくら自身から外部へひきずりだされて、「考えさせられる」のである。だから、最も内的な感情である歓びがぼくらに起りうるはずはなく、従ってそのような形における思考が、詩を作る歓びに直接つながりうるはずはない。

第三に、ぼくら自身が、「考えさせられる」という形にもせよ、ものを考えるということがあるのかという問題がある。自分が詩を作っている時の内的経験を心によび戻してみると、ぼくが困難を感じるのは、決してイメージの結晶の困難さとか、語彙の不足とかによるものではない。(語彙の不足ということは、詩を作りつつある者には本来決して感じられないはずのものだ。なぜなら、語彙の不足を感じうる精神は、より豊富な語彙の存在を心に感じているから不足を感じるにほかならないはずであり、従って問題は語彙の不足にはなくて、語彙を探りあてる注意力の不足にあるからだ)。困難はむしろ、イメージや音や語彙に関する一切の配慮なしでなお言葉を緊張させ、粘着力と飛躍力にみちた言葉の世界を形造りうるだけの力を心内に感じていないと感じるところにある。この感じは自分が自分の中心にいないという感じにほかならず、その背後には考えることが「考えさせられる」ことでしかないぼくらの、甚だ現代的な状況がある。たしかに、ぼくらが一篇の詩を作る活力や歓びを感じうる場合とは、イメージや音や語彙に関するあらゆる配慮を収斂して自己中心的に燃えあがる、思考であると同時に言葉であるあの意識の純粋な運動にひたりきっているときだ。ここでは言葉の世界に没入したぼくらの視野は異常に遠くまでひろがり、覚醒しているという実感はそのまま陶酔に通じている。こうした幸福な時間は、今日のぼくらにきわめて稀にしか与えられない。そして少くともぼくの場合、この幸福の瞬間にひたりえないという感じは、「おれは一体ものを考えるということがあるのか」という疑問に結びつくのである。なぜなら、考えるという行為は、それがいかに外部の条件によって触発されたものであれ、それ自体においては、あくまで意識の純粋な運動にほかならず、それ故、意識の純粋な運動が阻害され、幸福な瞬間から外に突き出されるということは、考えるということから逸脱していることにほかならないからである。

したがって、考えるという行為が、詩を作る歓びとうまく結びつかないという仮説は、実はあやまりだ。ありようは、ぼくらがものを考える習性をなくしているために、詩を作る歓びも感じえないにすぎない。思考という行為が、一つの観念を断念して、対立する観念に移っていくことを前提条件とするとはいっても、それとてぼくらの内部で行われる意識の運動にほかならず、したがって、それによってぼくらが歓びを奪われ、苦痛に圧倒されるということは、ありうべきことではない。

ぼくはあまりに純理的な物言いをしているだろうか。そうは思わない。なぜなら、今日ぼくらがものを考えるということは、すでに見てきたように、それだけで十分ぼくらの置かれた条件に対する抵抗でありうるからだ。これはきわめて現実的な問題であるとぼくは考える。現代詩が読まれない、読まれないと人も言い、ぼくも言う。だが、読まれないのはなぜか。ぼくの考えるところでは、それは決して詩人たちの才能のとぼしさによるものでも、奇矯な用語法によるものでも、詩人たちの優越性によるものでもない。最も根本的な原因は、考えるという、この苦痛に彩られた内的行為の魅力を、それを忘れて生きている現代人に想い起させる力を現代詩がそなえていない点にある。これは実に明白なことであるのに、ぼくらはあまりそのことに心を労してはいない。あまりに当然なことだ、と人は言うだろうか。それなら、その当然なことが、きわめてまれにしか実現されていない現状は、一体何と説明したらいいのだろう。

ぼくはこの辺で、実際の例を引くべきかもしれぬ。だがぼくは、それにあまり興味がもてない。問題は、詩人ひとりひとりの《責任》に関わるものであり、一篇や二篇の詩を引いてみたところで、しかたないものだからだ。ぼくはここで突然《責任》という言葉を書きつけたが、まさしく、詩における言葉の問題は、詩人ひとりひとりの責任の問題である。ここでいう責任という言葉が、あまり抽象的であると感じる人がいるなら、その感じ方はおそらくまちがっている。なぜなら、たとえばあれほど広範な関心を集めた詩人の戦争責任、戦後責任の問題にしたところで、根本的にも表面的にも、詩人が歌をうたう習性だけは忘れないで、言葉を――と言うことは思考を――忘れたカナリヤになったところから生じた悲喜劇だったからである。その点では、危険はすべての詩人のうちにひそんでいる。

ところで、ぼくに与えられた課題は、戦後の詩における言葉の問題を、ヴォキャブラリ、イメージ、思想などの観点から、なるべく具体的に、その特徴をあげて論じるということだった。しかしぼくには、たとえば戦後の詩と戦前の詩とを比較しながら、そこに用いられている言葉の現象的な相違をあげることや、戦後の詩に表現されているイメージや思想について、例詩をあげながら解説することはできそうにない。戦前の詩との比較について言うなら、ぼくは、現象的な一般的相違をいちいち指摘するよりも、戦前（つまり新体詩以後のことだ）、戦後を通じて日本の詩人たちが背負っている共通の諸条件を指摘した方がいいだろうと思う。それは結局、明治以後の近代詩、現代詩を戦後の詩人たちがもう一度検討しなおさねばならないということであり、その間において、日本語の特質と、それによって表現せねばならないわれわれ日本人の背負った条件を、もう一度考え直すということを意味するだろう。

たしかに、敗戦後変ったというものがないわけではない。たとえば、戦後の詩人たちに、文語的な発想がほとんどまったく見られないという事実は、戦後詩における言葉の問題を考える上できわめて重要な事実であろう。文語のもたらす昂揚した自己充足的発想は、明らかに戦後の若い詩人の発想からしめだされている。だがそれと同時に、文語という日常生活から隔離された言葉を用いることによってただちに入りえた虚構の世界の完璧な自己充足も、戦後の詩人にとって縁遠いものになった。詩の力学が最後的に要求するものは、詩を構成する観念やイメージや音、リズムなどの複雑な諸要素の均衡にあることは言うまでもないが、文語はそれらを虚構の世界に閉じこめることによって、比較的たやすく均衡させることができていた。もちろん、そこに作り出される世界は、多くの場合、ぼくらの日常感じている現実の手ざわりとは異る手ざわりを持ち、むしろそれを犠牲にして作り出される世界だった。だが、そうしたことを別にして、語自体のもつ性質を考えるなら、文語が、その虚構性ゆえにもっていた緊張感は、現在ぼくらが用いている言葉自体にはないし、しかもそれに代るべき性質は、今のところまだ見出されていない。現代の日本語は、いわば性格がはなはだ稀薄なのだ。今日詩人の頭の中で常時働らいているはずの言葉への関心は、文語を用いたかつての詩人（歌人、俳人も含めて）におけるそれよりも、かなり弱い、あるいは無秩序なのではないかとぼくには思える。それは詩人たち個人の関心の低下というよりは、むしろ現代語それ自体の性質によるものではないのか。ぼくらの精神は、対象のうちに規則性あるいは法則性を見てとれない場合には、生き生きとした関心をそれに寄せつづけることはできない。その意味では、今日のぼくらにとって、文語は規則性、法則性そのもののごとくに映るといってもいいくらいだ。それなら、たとえば短歌作者の方が、現代詩を作るものより高い緊張度を保ちながら歌を作りうる条件におかれているか、といえば、そうはいえない。比較的若い世代の歌人たちの作品を読めばただちに理解できることだが、文語のもつ美しさや緊張感をみごとに造型しえている歌人はほとんどいないのだ。かれらの言語意識の中には、日常語が容赦なく浸透している。むしろ日常語に対する過敏さとそれに基く劣等感さえ感じさせる歌が多いのだ。そのため、文語にも日常語にも属さない、一種独特な語彙が現代短歌には氾濫している。無秩序は、ここでは一層深刻な様相を呈している。

こうした事情、つまり、詩人が用いうる言葉には二種類あるという、それ自体甚だ奇妙な事情は、いろいろな意味で日本の近代詩の歴史に深く影響していると思える。たとえば、文語が、それ自体虚構の別世界を形造りえたということは、詩人たちの精神に安易な言葉への信頼感、むしろ依頼心を育てなかっただろうか。詩人は、完成された文語の、眩惑的な表情の背後に、自分の曖昧な思想や感情を隠すこともできたであろうし、むしろ、曖昧な思想や感情こそ、完成された語句の世界に「余情」を漂わせることができたであろう。だがその結果、詩人は、歌うことしかできない、考えることの不得手な人間にならなかったであろうか。一方、今日生きているぼくらの精神は、さまざまの面でいちじるしい分化をとげているのに、ぼくらの用いる日常語はあまりにも混乱しており、文語のような抽象的な虚構の世界を形造りうるだけの力をそれ自身のうちにもっていない。そして、混乱している言葉によって厳密な思考をぼくらがもつことはなおさら困難だ。

戦後の詩は、たしかに戦前の詩と異った発想の仕方をもっているし、その置かれた諸条件は一層複雑できびしくなっているが、ぼくらがぼくらの日常の中に、文語のそれとはちがった法則性、規則性を見出し、確立することができるとの見通しは、まだない。こうした変動する転換期にあって最も必要なことは、なによりもまず、言葉の方法的把握に努力するということだろう。方法は、内的な、独自な思考が、普遍性と結びつく唯一の結節点である。それは単に法則的なものではないし、また単に個人的なものでもない。それ自体有機的なものであり、有機的であることによって、特殊性と普遍性とをダイナミックにあわせもつことができる。

それなら、言葉を方法的に把握するということはどういうことか。これは一見かなり答えにくい問題だ。なぜなら言葉がぼくらの意識に浮かびあがってくるときは、ぼくらの意志によってではなく、むしろ意志に先立って浮かびあがってくるものだからだ。したがって言葉を把握するということは、文字通り、発生後の言葉を把握するのであって、その発生自体にはかかわりない。こう見てくれば把握という行為もかなり明確になってくる。言葉は、ぼくらの内的衝動から生れてくるわけだが、そのとき、ほとんど同時に発生する多くの言葉のうち、ぼくらの意識にはっきり残る言葉は、ごく一部であり、多くは意識に刻印されずに消えてしまう。そう推論できるのは、ぼくらがそのようなとき、ある種のはがゆさ、不満足感を感じるからだ。なにかが明確な形をとらないまま消え去ってしまったという感じからくるはがゆさ、そこに、言葉の方法的把握のいとぐちがある。

すでに言葉の発生過程において、ぼくらは間断ない抽象作用を行っている。ぼくらが極度に自己省察的になっている場合をのぞけば、その抽象作用は全くぼくらに意識されない。しかし、ぼくらがある隠密な志向に従って、発生しつつある言葉を抽象し、取捨しているのはまぎれもない事実である。その撰択は、しかし、論理的なものではない。むしろひとつの言葉が、最も自然に結びつきやすい他の言葉をよびだしてくるという形での、撰択である。

だから、最も理想的に——ということは、最も純粋に内的に——その過程が維持されるなら、いわゆる自動筆記の理想的状態がそこに生みだされるだろう。そこには、一切のアプリオリな論理性を排した、「もの」としての言葉の充実した世界が形づくられることも可能であろう。だが、それと同時に、言葉はその効用性から完全に手を切る。そして、それはつまり、言葉がそれと意図せずに、自己を限定してしまうことを意味している。シュルレアリストたちは自動筆記のもたらす魔術的自己解放の夢に憑かれたが、それはアプリオリな論理性を排除し、言葉の具体性を極度に主張させることを意図していた点で重要な意味をもっていた。しかし同時にそれは、言葉が論理や効用と共にあるという原則からの逸脱であったし、解放というにはあまりにも抵抗が少なかった。たしかに、自動筆記を行うことは、口でいうほど簡単なことではない。さまざまの支障が立ちふさがって、その純粋な遂行をさまたげる。しかし、注意しなくてはならないのは、自動筆記におけるさまざまの支障は、言葉自体からもたされるものではないということだ。なぜなら、自動筆記においては、すべての言葉が等価値であり、対立する観念を表現する一つの言葉が筆記される場合でも、それらの言葉は「もの」（オブジェ）として、なんらの矛盾なしに並置されうるものだからだ。つまり、自動筆記の内部には、いっさいの矛盾は存在しない。少なくとも理念的には存在しないのである。これこそ、シュルレアリストたちに《総体》把握の野望を抱かせた理由であったとぼくは考える。だがこれは、すでにのべたように、抵抗を勘定に入れない解放だったのではないか。すなわち、局所的な《総体》把握だったのではないか。

ぼくらは、だから、言葉を方法的に把握するという場合には、発生してきた言葉をぼくらの意識がほとんど無自覚的に撰択する、その地点にまで常に立ちかえり、間断なく言葉を思考によって吟味しなおす必要がある。それはつまり、言葉の自然で偶発的な連想作用に「待った」をかけることであり、自省の制禦力によって、言葉が意識の内部に結像するさいの恣意的な動きに秩序を与えるということである。この秩序は、考えるものとしてのぼくらの、全人間的な志向の照りかえしのもとになければならず、したがって、概念的外部的に与えられるものではない。それは体験的に、徐々に形造られるほかないものである。言いかえれば、ここでいう秩序とは、スタイルにほかならぬ。ということは、スタイルを持つことがいかに困難であるかということにほかならないだろう。

ぼくは以上に書いたことが、多くの人から奇異の感じをもってみられるかもしれないことを知っている。あるひとびとは、今さらこんな当り前のことを言う必要があろうか、と言うだろう。それに対して、ぼくはこう答えることができよう。当り前なことが実際にはきわめて稀にしか実現されていない現代日本の文芸の世界は、奇妙な世界ではないだろうか、と。あるひとびとは――その中には、ぼくの友人である飯島耕一や岩田宏などが含まれるかもしれない――ぼくの物言いが、今日の詩の主要な命題の一つである《想像力の解放》に対して逆行するものであり、詩を必要以上に抑圧することになりはしないか、と言うだろう。それに対して、ぼくはこう答えよう。想像力の解放は、それが作者の思想的な現実把握と等価的であるかぎりにおいて有意義でありうる。そうでない場合には、想像力の解放による新しいイメージの獲得も、実はイリュージョンの獲得にすぎず、やがては消えさる感覚的な歓びをひととき与えてくれるものにすぎない。そしてひとはそれを、恣意のたわむれとのみ見るだろう、と。またあるひとびとは、ぼくの文章がアクチュアルな詩の引用をひとつも行っていない点に、ぼくの怠慢、不親切、さらに傲慢をさえ見るかもしれない。だがぼくは、現代詩における言葉の問題が、数篇の詩の引用によってある種の見通しなり概括的把握なりが可能なほどに簡単なものとは思えないのだ。それに、ぼくの読みえたかぎりでの現代詩を、言葉の面からみて、頭の中で整理しようとしてみると、それらはいくつかの対立し、交錯し、あるいは合流する流れとなってぼくの脳裡に秩序づけられるよりは、むしろ逆に、おのおのが中心を持つことを嫌悪し、混乱を好んでいるとしか思えないような並び方しかしてくれないのである。ぼくは呆然とするほかない。言葉の問題は一個人の問題であると同時に、ひとつの国の、ひとつの社会あるいは階級の問題であり、そこには個人的に全く異る言語観を持つ者同士のあいだでも認めざるをえない共通の常数があるのだ。いうまでもなく、「国語」というワクは最大の常数である。また、言葉は本来思考と結びついているはずで、そうでないものは単なる声、あるいは脳裡の無意識な流れにすぎない、というものもまたひとつの常数だ。ぼくは現代の日本の詩人たちがこうした「常数」にまで立ちかえってみる必要が大いにあるのじゃないかと言いたいのである。常数とはもともと不変の明証であるはずだから、それについてあらためて考えねばならないということは実に奇怪なことにちがいない。だが、ぼくらが、言葉の共和国ともいうべきものを建設していくためには、これは最も緊急の課題なのである。

（一九五七年六月）

言葉の現象と本質――はじめに言葉ありき（抄）

III　紀元零年

　言葉のことを考えていると、最後には必ず、言葉の最大の不思議である、その起源の問題にぶつかってしまう。言葉の起源をつきとめることはだれにも出来ない、ということは考えてみればまったく不思議なことである。人間の所有物で、その起源を明らかにしえないものは、まずないだろう。唯一の例外が、言葉にほかならない。言葉は人間の所有物でありながら、人間には、いつ、どんな風にして、言葉が彼のものになったのか、説明ができないのだ。いや、説明はできる。だがそれは、神話の形でしかできない。言いかえれば、歴史の次元ではなく、超歴史の次元においてしか、言葉の起源の問題を扱うことはできないのだ。

　だが、さらにこう言うべきだろう。言葉がすでに完全かつ精緻きわまる体系として、一民族に共有されていたからこそ、神話が成立し得たのであった。つまり、神話は言葉の起源について触れるけれども、それはつねに、「はじめに言葉ありき」という形でしか言葉に触れ得なかったのである。神話という超歴史的起源をもつもの自体が、それに完全に先行する存在として、言葉を措定している。別の言い方をするなら、言葉なしにはいかなる神話もあり得なかったし、いかなる歴史もあり得なかった。歴史意識は、人類の自己認識の最も特徴的なあらわれであり、人類を人類たらしめている、意識の連続性、継承性のあらわれにほかならないのだから、言葉がなかったなら、人類の歴史はおろか、人類そのものが、存在し得なかったはずである。

人類が記録され得る歴史の開始以前から口伝えに伝えてきた神話が、すでに今日の言葉とまったく変わらぬ構造をもち、法則をもち、語彙をもっていたということは、言いかえれば、言葉が徐々に、未完成品から完成品にむかって、部品を組立ててゆくような具合に組立てられてきたものではなく、最初から、その尨大な量の全体において、完全な統一体として存在していたことを示している。これは考えてみれば驚くべきことである。言葉は、歴史的進化の思想を嘲笑する存在ではないか？

すなわち、人類は、その最も原始的な生活環境においてさえ、たぶん、言葉を所有していたという一事によって、今日のわれわれとまったく等しい時間のうちに生きていたとさえいえよう。進歩主義という、人類の固疾ともいうべき思想は、言葉に関する限り、まったく通用しない鈍刀にすぎない。

このことは、イエス・キリストとか釈迦とか老子とかマホメットとかの言葉が、今なおかつてと変わりなく生きているという事実を、ある一面において、この上なくみごとに説明するものである。かれらは言葉という先験的に存在する巨大な体系に、たぶん最も完全に、自分自身を同化させた人々である。言葉をとらえたのではなく、言葉によって完全にとらえられてしまった人々なのだ。言葉にとらえられることによって、彼らはすでに、歴史の一時点において生き、苦悩し、死んでゆく個体としての限界を超えていた。

言葉の起源をつきとめることはまったく不可能なこととしても、では言葉を神聖なものとする、人類にきわめて普遍的な思想の起源をつきとめることはできるだろうか。これまた不可能である。「はじめに言葉ありき」というあの言葉の中に、すでに言葉を神聖なものとする思想があった。言いかえれば、人類は言葉の存在をはじめて自覚的に意識したとき、すでに、これを神聖なものとしていたのである。インド古代の聖典ヴェーダの中にも、言葉に関する次のような省察が見られるという。すなわち、ヴェーダは言葉に四種類あるとし、そのうち三種の言葉は心のうちに潜在しているものであり、最後の言葉のみ、外部に発せられるという。その四種とは、第一に、絶対者そのもの、第二に、絶対者が自分自身を実現しようとする言葉、第三に、絶対者が自分自分を表現しようとする言葉、そして最後に、これだけが外部に発せられる、通常の意味での言葉であるが、この言葉自体、以上のような背景をもつが故に、発せられるときすなわち「創造」にほかならないのである。というのも、本来これらの四種の言葉は、同一存在の内部構造を形造るものにほかならないからだ。

こうした意味では、ヴェーダの言語観は、旧約聖書の「はじめに言葉ありき」という断言の思想的背景を、きわめてみごとに説明しているともいえる。

そして、この言語観をさらに敷衍するなら、第四の、つまり発表され外部に発せられる言葉をもつわれわれは、必然的に、第三、第二、第一の言葉をもわれわれ自身のうちに有していなければならぬということになるはずであり、言いかえれば、ひとりひとりのうちに、そこで自己自身を表現し、実現しつつある絶対者を有している、ということになるはずである。

こうした、いささか大時代なもの言いに照れる必要はない。自分が言葉を所有している、という観点からのみ物を考える習慣が、われわれには抜き難くあるため、ついこうした言い方に躓いてしまうのである。そうではなくて、人間は言葉によって所有されているのだと考えるなら――なぜならそれこそ真の事実だからである――われわれは自分自身のうちに、われわれを所有しているところの絶対者《こと》を《ば》、所有しているのだ、ということが、素直に受入れられるはずである。

われわれの中に言葉があるが、そのわれわれは、言葉の中に包まれているのである。われわれは瞬間的存在として、生物として、生きている各瞬間において常に不完全であり未完成でしかあり得ないが、言葉は常に完全性そのものである。われわれの精神が持続性をたもつことができるのは、この言葉の完全性によってであって、もしこれがなかったなら、いかに超人的意志力の持主であろうと、人格的な統一性、持続性をもつことはできない。内的持続の喪失が、失語症という形をとってあらわれるのは、そのことのドラマティックな例証である。

以上のことから、次のような興味ある、そしてある意味ではきわめて逆説的な事態が生じる。つまり、言葉の芸術にあっては、新しい言葉の創造ということは、字義通りの意味では、あり得ないということである。なぜなら、言葉はすでにその始源において完全な組織体であり、そこには、段階的な新旧の別は無いからである。言葉はすべて、新、旧の別を超越している。それが言葉の完全性ということの意味だ。したがって、いうところの新しい言葉の創造ということは、実は、言葉の巨大な体系を、従来とは別の方法で、掘り返し、再発見することにほかならない。つまり奇術師が何もない空間をつかんだあとで、掌から鳩を飛びたたせるような具合に、何もないところから、全く前代未聞の新しい言葉を鋳造するわけにはゆかないのだ。かりにそんなことが可能だとしても、それは単なる新造語の出現にすぎず、言葉の創造とは本質的に異なるであろう。言葉の創造とは、単語の創造ではない。言葉の、ある統一的な総合体全体の創造である。

　これは、われわれが始終体験するひとつの事実に照らせば、たちどころに明らかになることである。つまり、単語として魅力や美をもっている語も、他の語との幸福な照応関係がない限り、それが秘めている可能性としての真に生きた魅力や美を発揮することはできないのである。「生きた思想というものは、それがおかれた同じ場所には、二度と見出され得ない」というアランの観察は、そうした言語表現のいわば一回性ともいうべき性質を、じつに簡潔にえぐっている。

　ここに言葉の本質が姿を現わしている。すなわち、言葉は、個々の単語のように、限定された形で完成している道具であるだけでなく、それらの単語のひとつひとつでありながら、同時にそれらすべてを生かし、働かせている力そのものでもある、ということである。したがって、真の意味での言葉の創造とは、単語の組織体を通じて、この生き、働いている力そのものを吸いあげることにほかならない。過去の歴史において、言葉の新しい創造をなしとげた芸術家や思想家がすべて何らかの意味で言葉の破壊者のような相貌を帯びて登場してきたのは、こういう観点からするとなかなか意味ぶかいのである。

　彼らは、言葉のいわば表層をなす「語」に衝撃を与え、その秩序に変化をひき起こすことによって、深部の言葉の岩盤をおもてに露出させ、あるいは言葉の溶岩を噴出させたのである。これは一見破壊的行為にほかならないのだが、破壊が創造に通じるという創造の逆説は、言葉に関してはとりわけ事実なのである。こんなことが可能なのは、言葉が、計量しうる単語というもので成りたちながら、本質的に、また初原的に、決して計量しつくせない力そのものであるという矛盾を、平然と生きている存在だからにほかならない。新しい言葉を創造するということは、こうして、実際には、既存の言葉の体系を衝撃し、いわば古い組織を思いがけない新しい方法で掘り崩し、再発掘することにほかならなかった。「新しい言葉」という実体は無い。新しさがそこにあるとすれば、それは言葉を掘り返すその方法、態度にあるだけなのである。こうして、言葉の芸術における革新家たちは、破壊者としての相貌と同時に、一見ふしぎに思われるかもしれないが、過去の蘇生者としての相貌を持つのが常なのである。

この点が、たぶん、言葉の芸術と、他の、たとえば造形美術とか音楽とかとの質的な差異をもたらす、最も重要な分岐点であるように思われる。

造形美術の領域では、素材は常に表現主体から独立した客体として、対象化されて芸術家の前にある。それは素材が油絵具であれ、鉄板であれ、ボロ布であれ、ビニール塗料や既成品であれ、すべて共通の基本的性格である。この点で、言葉を素材としつつ、同時に、素材である言葉が主体の精神活動それ自身にほかならないという独特な条件をはじめから負っている言語芸術の場合とは、すでに本質的な差異があるのだ。もちろん、こうした条件に対して芸術家自身が反逆を試みた例はいくつもある。たとえばランボーの「私とは他人である」という有名なあの言葉は、その最も端的な一例であろう。主体を徹頭徹尾客体化してゆく精神の作業——それを支えるべき詩法を、彼はいみじくも、「言葉の錬金術」と名づけたが、これは言いかえれば、本来主体から切離し得ない言葉を、化学的に処理し得る物質と同等のものとして、つまり純粋に対象化された素材として、あつかうという決意を意味していた。だが、そのようにして書かれたかれの『着色版画集《イリュミナシオン》』や『地獄の季節』ほどに、一人の詩人の自我宇宙の個性的色彩に染められた詩篇は、ほかに見当たらない。つまり、ランボーの言葉は、純粋に対象化され、素材化されているはずのところで、最も強烈に、ランボーという主体の、最高度に緊張し拡張された全貌を主張しているのである。その点で、ランボーの意図は、言葉の本質的な保守性によって裏切られたともいえるだろう。しかしまた、言葉の世界は、ランボーのこうした試みによって、その広大な外延を明らかにし、その手に負えない弾力性を露わしたのだともいえるだろう。その意味では、ランボーは意図において敗れ（彼が詩を放棄した理由はそこにあったのではないか？）言葉において――わが意に反して――勝ったのだ、といえないだろうか。言葉において勝った、というのは、ランボーがそこで勝ったと同時に、ランボーにおいて言葉が勝った、ということでもある。なぜなら、すでにのべたように、言葉はわれわれの主体そのものであり、言葉と人間とは同一の存在だからである。

ランボーが試みたことは、むしろ造形美術において、より明確に方法化されて実現され得る可能性をもっていた。二十世紀美術の最も重要な発見のひとつである「オブジェ」の発見は、明らかにランボーの「私とは他人である」という思想と深い類縁関係をもっている。マルセル・デュシャンのレディ・メードのオブジェしかり、シュルレアリスムの、たとえばマックス・エルンストのコラージュやフロッタージュ、ダリの偏執狂的批判的方法ないし象徴機能のオブジェなどにみられるオブジェ意識しかりである。エルンストがコラージュやフロッタージュの方法を発見したいきさつを記している「絵画の彼岸」というエッセーで、自分がいかにランボーの「見者の思想」、「私とは他人である」という思想に深い影響を受けたかについて、情熱的に語っているのはよく知られた事実だが、たしかに、ランボーの錬金術は、言語においてよりは造形美術においての方が、少なくとも明らかに可視的な形で、方法化され得る性質のものだったのである。というのも、さきに記したように、造形美術の領域では、素材はつねに客体として、対象《オブジェ》として、主体の精神活動からは独立した位置を保っているために、画家の精神はそれらの素材を媒介にして「私」を客体化するに当たって、同種のことを試みる言語の芸術家よりも、いわば有利な立場に立っているからである。

もちろん、このことは同時に、造形美術に安易さというおとし穴を用意するものでもあった。オブジェひとつをとってみても、作家の精神活動との緊張した対立・結合関係を喪失した、単なる装飾的効果しか持たないものが、絵画や彫刻の地平におびただしくころがっているのが現状である。絵画とデザインとの相違は一体どこにあるか、といった疑問が、今さらのように多くの人の口をついて出るような事態が、そうしたことの結果として、現在生じているのである。

しかし、いずれにせよ、造形美術においては、言語芸術にくらべ、芸術家自身の精神活動と、彼が手にする素材との質的な分離が明瞭である。別の言い方をするなら、そこでは新しい時代が提供する新しい素材が、ある場合には芸術家自身の精神活動にほとんど関与する余地さえ与えず、自己を主張し、美術の領域に新たな地平を切拓くきっかけを作ることもありうるということだ。詩人や小説家にくらべ、画家や彫刻家の方が、はるかに、「新しいもの」あるいは「新しさ」への関心が強いということ、それゆえにまた、必然的に、ある新式の様式が、たちまちのうちに流行し、そして急激に古びてゆくという過程を繰返すということは、右のような理由に主として基づいているだろう。実際、美術にあっては、ある様式から別の様式への移行が、文学にくらべてはるかに鮮明な時代的区分をもってなされているのであって、文学の歴史を顧みるにあたって、美術の歴史を考えることが時に有益な結果をもたらすというのも、こうした理由によるところが多いといえるのだ。同じようなことは、音楽と文学との関係についても、ある程度まで言えるだろう。新しい楽器の発明は、必然的に、音の総体の秩序に変化をもたらす。とりわけ、ミュジック・コンクレートや電子音楽の発明は、音楽が、少なくともその手段の面で、科学の進歩ときわめて密接なつながりを持っていることを示した。それは造形美術の分野で、プラスチック製品や新種の合金から電子頭脳に至るまで、現代科学の生んだ発明品を積極的に取入れているのと、軌を一にしているといっていいだろう。

こうしたところでは、安手の進歩主義思想の侵入が、ほとんど避け難いと思われる。それは作家の内部に忍びこむだけでなく、作品の消費者たる観客や聴衆をも犯している。たとえば楽器会社、電気会社が頻々とステレオ装置の新型を発表して購買欲を刺戟しようとするのも、買手の方にそうした進歩主義思想が広く存在しているからにほかなるまい。だからこそ、新しい音響を発明するのではなく、たとえその種類は少なくとも、心に深い共鳴をひき起こす音響を発見しようとする作曲家が、今日とりわけ尊重すべき存在となってもくるのである。

言葉の芸術においては、右にのべたような意味での素材ないし手段とは言葉にほかならず、しかもそれは、生理的存在としての芸術家自身に属しており、彼自身にほかならないので、科学の進歩の恩恵にあずかる度合いははるかに少ない。ということはまた、科学の進歩のもたらす不都合に犯される度合いもまた少ないということであろう。このことは、両々相俟って、今日、言葉の芸術の魅力を、いささか乏しいものにしているといえるかもしれぬ。少なくとも「新しさ」の観点からするなら、言葉の芸術は、美術や音楽、さらには映画のようなジャンルにくらべて、魅力に乏しいといえるだろう。

しかし、それこそ言葉の本質が命じるものにほかならなかった。言葉の世界では、発明と見えるものも、常に、すでに存在していた言葉の再発見にほかならないのであって、安手の進歩主義は、言葉の本質そのものによって、あらかじめ決定的に否定されているのである。

これは窮屈な世界だろうか。一見そう見えるが、実は反対である。そこでは、新、旧の区別に価値判断の基準がないという理由そのものによって、あらゆる試みが許されているのである。これこそ、本質的に保守的な言葉が有する大きな逆説にほかならない。これこそまた、言葉の芸術が滅びることはあり得ないということの、肝心な理由でもある。少なくとも、人間の創造意欲が滅びない限り――だが、創造意欲は、人間に言葉がある限り、滅びるはずのないものであった。言葉こそ、人類の不滅の創造であり、同時に創造力そのものだったからである。

（Ⅰ、Ⅱ節は省略）

『現代芸術の言葉』あとがき（抄）

ほかの人にとってはわかりきったことなのかもしれない。とにかくある日、ふと僕の中にひとつの想念が浮かんで、それ以来離れようとしないのである。

「われわれ自身の行為はいうまでもないが、そもそもわれわれを取巻いている事物や行為は、すべて言葉とみなさるべきではないか？」

言葉といえばいわゆる「言葉」そのものを指すのはいうまでもないが、有節言語として発音され、文字化される「言葉」以外にも、われわれは多くの意思伝達の手段をもっている。眉毛ひとつの上げ下げだって、沈黙の言葉を発しているではないか。ひとつの手造りの茶碗だって、言語こそ発しないけれども、夜更けの机の上で実に何ごとかを表現しているではないか。もちろん、道路にたっている信号灯は、几帳面なサイン言語の発信者である。

しかし、このような段階では、僕はまだ、この種の本を書いてみようという気持になっていたわけではない。ひとつの内的な経験が、しだいにこの問題に対する関心の集中を僕に強いるようになったのである。

詩を書く時に経験することで、以前からふしぎに思っていたことがある。それは、ある明瞭な

(と少なくとも書き出す前までは思っている)主題を心にもって書きはじめると、どうもうまくいかないということだ。言葉が限られた地平で、ジャリジャリ音をたてながら鈍重に歩きまわっている感じがつきまとうのだ。拡がりと飛躍が欠けているのだ。しかしながら、主題を何ひとつ持たずに詩を書くことはできない。それは、粘土や鉄なしに彫刻を作るようなものであり、空気を叩き、空気に形を与えるようなものである。主題は、あっても困るし、なくては何もできぬ、奇妙な矛盾そのものと感じられた。

それにもかかわらず、詩というものが書かれうるとすれば、それはいかなる経路によって可能なのか。

これは実に難かしい問題だが、僕は自分の経験を反芻して、次のような答を得た。詩ができる瞬間、主題は「言葉」として触知される一種のものに変って僕の中で生きているのだ。つまり、単なる「意味」のかたまり以上のものになっているのだ。そしてそれがそのような形になるのは、どうやら僕が、主題を一たん放り出してしまった時であるらしい。

だが、放り出すといっても、どこへ放り出すのか。眼の前へでもないし、空中へでもない。それが放り出されるのは、本来それがそこから生じてきたところの、言葉の海の中へであって、それ以外のところではありえない。つまりこれは、主題というものを、もう一度その母胎へ還してやることにほかならないのである。主題を主題としてではなく、言葉の一つの層として感じとりうる深みにまで、主題を沈めてやることにほかならないのである。そのような内的操作を経て、はじめて詩の言葉が動きはじめる。その時もう、主題という個体はすっかり拡散し、一語一語の中に浸透して、それと見分けのつかぬイメージや音に変っているのだ。にもかかわらず、その後もなおひとつの主題が詩全体の中に響いているとすれば、その詩はたぶん成功したといっていい。

僕には、この経験が、なかなか意味深いものに思われた。主題というひとつの言葉のかたまりを、真に詩と化した主題たらしめるためには、それを一層広い、無限定に広い言葉の海の中へ還してやる必要があるということ――それは、言葉の世界そのものにおいてさえ、幾重もの層があることを示している。ちょうど人間に意識と無意識の層があるように。

してみると、この一層広い、無限定に広い言葉の海というものを、どう考えたらいいのか、という問題が当然起ってくるだろう。それは、必ずしも、有節言語としての言葉だけではないだろう。言葉の形をとらない影像や、音響感覚、触覚や運動感が、その海を形づくっているものであるだろう。それらは、時あって表面に吸いあげられるとき、いわゆる言語の形をとるにしても、常に言語として意識されているわけではない。

そのように考えたとき、僕の中に、最初に書いたような想念が浮かんだのだった。そしてそれは、やがて次のような考えにまで進んでいった。

自分が言葉を所有している、と考えるから、われわれは言葉から締め出されてしまうのだ。そうではなくて、人間は言葉に所有されているのだと考えた方が、事態に忠実な、現実的な考え方なのである。人間は、常住言葉によって所有されているからこそ、事物を見てただちに何ごとかを感じることができるのだ。自分が持っていると思う言葉で事物に対そうとすることより、事物が自分から引き出してくれる言葉で事物に対することの方が、より深い真の自己発見に導びくという、ふだんわれわれがしばしば見出す事実を考えてみればよい。これは、いわば、意識的行為と無意識的行為の差異に似ているが、要するに、われわれは自分自身のうちに、われわれを所有しているところの絶対者《ことば》を、所有しているのだ。いいかえれば、われわれの中に言葉があるが、そのわれわれは、言葉の中に包まれているのである。

このように考えたとき、僕は何かひとつの確かなものにぶつかったような思いがあった。

本書は、そのような考えを背後にもった一連の観察集である。言葉がいかに人間的環境の中で現象し、その本質をあらわにするかについての、これは試論集である。〈言葉の詩学〉とでもよべばよべるかもしれないものへ、接近するためのひとつの試みである。冒頭の「言葉の現象と本質」(最初雑誌に発表したときは「言葉の問題」と題していた)の、とりわけ第Ⅲ章に、僕の基本的な態度が示されていると思う。以下の文章では、演劇、美術、詩、短歌、俳句その他の、僕の眼に映じるすがたを出発点にして、諸芸術(すなわち種々の「言葉」)の、現象と本質について、接近を試みたものである。もとよりこれは学問的な著作ではない。新しい方法による学問的著作をも、相応の関心をもって読んではみたが、いざ書く段になると、僕には僕の気ままなやり方しか出来なかった。事柄の性質上、これらの諸論は「芸術の享受とはいかなることか」という問題に関する僕なりの答にもなっていると思う。「しからば芸術の創造とは?」という問題が出てくるだろうが、これは実に複雑な問題だ。それは複雑であり、また、われわれの体験に即するなら、論議を超えて単純なものでもあり、それゆえに、きわめて複雑な問題なのである。これについては、僕は自分が何らかの意味で答を出し得ているかどうか、知らない。

(以下は省略)(一九六七年八月)

言葉の出現（抄）

1

詩をつくる人間にとって、詩の言葉、あるいは詩と言葉について書くということは、結局のところ、自分の詩に言葉がどんな風に出現し、それをどんな風に文字という記号の中に定着したかを語ることに帰着するだろうと思う。

もとより、詩の言葉、あるいは詩と言葉という問題に対する接近の仕方にはさまざまな段階がありうる。詩の鑑賞とよばれるジャンルがあって、それはやはり詩の言葉、あるいは詩と言葉の問題への触れあいなしには成りたたないものである。また、もっと客体的に詩を取り扱う方法もある。たとえばある詩人がどのような性質の語彙を好んで用いるかを、統計学的に調べあげて、そこからその詩人の隠された関心のありどころを突きとめようとするのも、そのひとつであるだろう。これがさらに極端に進むと、詩の屍体解剖ともいうべきところまで行きつく。たとえば試験問題に一篇の詩が採用され、その詩のある部分が、難解さゆえに恰好の設問の材料になるという場合には、詩はもはや生きた統一体としての全体性はもたず、単なる文法上の難問題と化しているわけである。

しかし、それもまた、詩の言葉、あるいは詩と言葉の問題と、まったく無縁なものとはいいきれない。

　これらの例にあっては、詩、またそこに定着されている言葉は、多かれ少なかれ客体的なものとしてそこに在るということが暗黙に承認されている。分析、解剖の客観性を保証するものも、この前提条件にほかならない。だが、これをもっと立ち入って考えてゆくと、いわゆる鑑賞という行為の妥当性を保証するものは何か、という問に突き当らざるを得ない。それは、すべて言葉の産物にあっては、「表示するもの」（直接に知覚されうる、客体化された記号としての語およびその集合体）を通じ、かつそれとの不可分な関係において、「表示されるもの」（直接に知覚しえぬ、非物質的、非客体的なもの）をつかみとることができる、という認識であろう。そして、この認識そのものの妥当性を保証するものは、言葉の構造へのわれわれの直観的な理解にほかならない。ソシュール[★1]の用語にいうところの、「表示するもの」《シニフィアン》と「表示されるもの」《シニフィエ》の統一体としての言語記号《シーニュ》の構造は、鑑賞行為において、客体的に定着されている語の集合体を通じて、非物質的、非客体的、つまり非定形で抽象的な情動や概念の領域にまで探索の測針儀をおろしてゆくことが可能だとする認識に、ひとつの正当な根拠を与えるものであろう。われわれは、時代をはるかにへだてた古人の詩作品について、いかようにも立ち入った鑑賞をすることができる。というのも、言語記号として客体的に定着されたものがあるなら、それは同時に、そこに非物質的で流動的な情動や概念が定着されていることを意味しているからだ。言語記号はつねにそういうダイナミックな構造において成りたっているのであって、鑑賞という行為が、客体的な「作品」を相手どりながら、きわめて主観的な解釈の世界にその触手をのばしてゆけるというのも、言語記号の要素をなす「表示されるもの」の領域が、もともと非物質的で隠された下意識あるいは無意識の領域に通じているものだからにほかならない。

ぼくは昨年『現代芸術の言葉』（晶文社）という論集を刊行したとき、そこで、絵画とか演技とかの中にも言葉の現象を見ることができるのではないか、という考え方を記し、そういう考え方がぼくの中に育ってきた経過についての若干の「あとがき」を書いた中で、次のようなことをいった。

> 自分が言葉を所有している、と考えるから、われわれは言葉から締め出されてしまうのだ。そうではなくて、人間は言葉に所有されているのだと考えた方が、事態に忠実な、現実的な考え方なのである。人間は、常住言葉によって所有されているからこそ、事物を見てただちに何ごとかを感じることができるのだ。自分が持っていると思う言葉で事物に対そうとすることより、事物が自分から引き出してくれる言葉で事物に対することの方が、より深い真の自己発見に導くという、ふだんわれわれがしばしば見出す事実を考えてみればよい。これは、いわば、意識的行為と無意識的行為の差異に似ているが、要するに、われわれは自分自身のうちに、われわれを所有しているところの絶対者《ことば》を、所有しているのだ。いいかえれば、われわれの中に言葉があるが、そのわれわれは、言葉の中に包まれているのである。

ぼくがあそこで、いささか感覚的、あるいは直観的に語ろうとしたことは、もっと別の言い方でいうなら、言葉はわれわれの道具であるけれども、同時にわれわれの主体性そのものであり、かつまた、われわれであるところの無数の主体を包み生かしている広大な環境そのものであるという、その重層性にほかならなかった。この重層性は、言語記号の二要素、「表示するもの《シニフィアン》・表示されるもの《シニフィエ》」の重層・統一構造とも対応しているように思われる。

すべてすぐれた詩が、ある深さ、ある遠さ、ある拡がりの感覚をわれわれにもたらすということの秘密も、やはりこの、言葉の重層的構造性と切りはなしては考えられないようである。それは、ある限定された音と視覚的イメージの組合せ（「表示するもの《シニフィアン》」の要素）によって、無限感をともなったある種の概念や情動（「表示されるもの《シニフィエ》」の要素）を、あたかも鑿岩機が鉱脈を掘りあてるように掘りあてる。だが、この関係は決して一方的なものではなく、われわれの内面（下意識、無意識の領域）からの呼び声が、いわば予感された「表示されるもの《シニフィエ》」として、具体的、物質的な上部構造である「表示するもの《シニフィアン》」を呼び寄せるという動きが、そこにはあるのだ。つまり、明示され知覚される言葉の表層は、暗示され知覚を超える言葉の深層と、つねにダイナミックに交流しつつ、客観的には一連の「表示するもの《シニフィアン》・表示されるもの《シニフィエ》」の統一体としての言語記号《シーニュ》として、われわれの前に「作品化」されているわけである。

詩作品を鑑賞するという行為は、したがって、一見客体的に定着されているかにみえる言語記号を、その本来の性質であるところのダイナミックな重層・統一構造のうちへたえず還元してゆく行為を意味するだろう。作品鑑賞が、ある場合、ほとんど新しい作品の生成にまで達することがあるのはそのためである。

2

くだくだしいことを書いたが、冒頭でふれたままになっていた本題にかえらねばならぬ。はじめにぼくは、「自分の詩に言葉がどんな風に出現し、それをどんな風に文字という記号の中に定着したか」を語らねばならぬと書いた。これはつまり、鑑賞者にとって詩の言葉とはいかなるものか、という問とはちょうど逆の方向からする、問題への接近である。鑑賞という行為にあってさえ、言葉は純然たる客体としては片時たりとも存在していないことは、右にのべたところである。まして、詩をつくる立場にたったとき、言葉はもはや主体の最も主体的な本質に染められることなしには決して出現しないであろう。「私はこうして詩をつくる」というような文章が詩人によってしばしば書かれているが、それらを読んでも一向に詩作への技術的な開眼の助けにはならないというのも、この理由からである。

だが、この問題にも、もっと接近する方策がないわけではなさそうである。というのも、純然たる自動記述（エクリチュール・オートマティック）という極限形態をのぞけば、詩人は、自己の内面から噴出した言葉を、そのまま文字として定着するわけではなく、おびただしい記憶や影像の海の中を何回もくぐらせた挙句に、さきに用いてきた概念をふたたび採用するなら、最もよい結合関係を示していると感じられる「表示するもの《シニフィアン》」と「表示されるもの《シニフィエ》」の統一体としての言語記号《シーニュ》を選びとってゆくものだからである。

これは、いいかえるなら、一個人の個人的特殊性を通じて噴出する言葉を、一民族文化の下部構造としての言語体系の海にくりかえしくりかえし浸らせ、そこからよりよい言葉をひきあげてこようとする行為にほかならない。詩をつくるということは、いわばこういう行為の最も頻繁かつ細心におこなわれる精神的な磁場に、わが身を置くということにほかなるまい。

そこで、次のようなことが考えられる。すなわち、かくかくしかじかの言葉は、なぜこの詩の中に出現したか、という問には答えることができないが、いかにしてこのように出現したか、については、ある程度までは答えられそうだ、ということである。なぜなら、「いかにして」という場合、そこで問われているのは、無意識あるいは下意識の領域から噴出してきた言葉を、どのような内的選択を経て（つまり言語体系の海を通して）、どのように変容させ、ふたたび自分自身の言葉として最後的に定着したか、という一連の経路だからである。

だが、この経路は、他人の詩に関しては決して分明でない。ぼくがはじめに、詩をつくる人間にとって、詩の言葉、あるいは詩と言葉について書くということは、結局のところ、自分の詩に言葉がどんな風に出現し、それをどんな風に定着したかを語ることに帰着する、と書いたのも、まさにこのためであった。ぼくは、ぼく自身の経験の範囲内で語りうることを語ろうと思う。これはしかし、自分の書いた詩のすべてについてなしうることでは到底ない。それどころか、こういうことはほとんどの場合忽ちにして忘れ去られてしまうような脳髄内部のメカニズムに属している。ぼくが以下に記そうと思うひとつの記録は、ある意味で特殊な詩作の方法から生れたものであり、またそれは、特殊であったからこそ記録され得たのでもあった。

（以下は省略）

★1 signifiant《シニフィアン》, signifié《シニフィエ》をそれぞれ「表示するもの」「表示されるもの」としたのは、岩波講座「哲学」の『言語』篇における中村雄二郎氏の論文「言葉・表現・思想」での訳語にしたがった。本稿のとりわけ1章は、中村氏の論文によって示唆触発されたところが大きい。

言葉の力

先ごろ岩波新書の一冊として書き下ろした『詩への架橋』のプロローグの章で、私はメソポタミアで古代に栄えたシュメールやバビロニアの諺を引用した。それは、いうまでもなくそれらの諺がそれ自体大層興味ぶかいものだからだが、私がそれらについて語ることから詩との出会いの体験を書こうとしたのには、もう一つの理由もあった。

五千年も以前にさかのぼる時代の人達が、粘土を叩いてかためた板にかたい筆で文字を彫り刻んで書き残した楔形文字、それがようやく解読されるようになってから、まだわずか一世紀ほどしか経っていない。五千年の歳月を経てそれら異形の文字がふたたび人類共通の持物になり、われわれにさえ翻訳を通じてわかるようになったということ、言いかえれば、それら古代人の思想と感情が、隣人のそれよりもある意味で明瞭な形をもって本の中から立ち現われるということ、それが私には何といっても驚異的に思われた。言葉というものは何と不思議なものだろうか、という感動があった。その思いを語りたくて、序の章をメソポタミアの諺の引用から始めたのだった。

「人の楽しみに結婚がある。考えてごらん離婚もある」というような機智に富んだ諺が、それほどにも昔の人々の間で、今日の人々と同じように語られていたことを知ると、数千年の時代の差も一挙にちぢまってしまうように思われた。

つまり言葉というものは、長い時間を一瞬にしてとびこえ、われわれの心に飛び込んでくるという意味で、一種のタイムマシーンだともいえるのではなかろうか。われわれが古代人の遺した言葉をある日読んで、それを非常に面白いと思う。自分が、言葉という通路をとおして古代人を理解しうると思ったときは、いわば言葉というタイムマシーンに乗って、古代人の心がわれわれの心に会いにやってきたのだとも言えるだろう。言葉という、人間最大の所有物であり、また発明であるところのものこそ、空想科学小説の作者がタイムマシーンなるものを空想したとき、そのモデルとして彼の脳中を往き来していた原イメジだったのではなかろうかとさえ、私は思うことがある。そういうことも考えさせてくれる言葉の面白さを、古い時代の人が書いたものを読むときにはとりわけ強く感じる。自分と詩との出会いということについて考えるとすれば、まず最初にそういう点についてふれずにはすまされないと思われたのである。

ところで、『詩への架橋』では引用の余裕がなくて割愛したメソポタミアの人々の詩に、こういうものもあった。

きのう生まれたものがきょうは死ぬ
つかの間のうちに人間は闇に投げ込まれ
突然押しつぶされてしまう
喜びに歌を口ずさむときはあっても

たちまち嘆き悲しむことになる
朝と夜とのあいだに人びとの気分は変わる
ひもじいときには亡骸《なきがら》のようになり
満腹になるとその神とも張り合い
ものごとが順調にいっているときには天にも昇るなどとしゃべくるくせに
困ったときは地獄に落ちそうだとわめく

人間について描写し得る最も普遍的な姿を要約していってしまえば、こんな程度になってしまうのではないかと思われるような詩である。人類文明は数千年の昔からたしかに驚くべき発達をとげてきたが、人間が自分自身を顧みるとき、彼の目に映る人間のイメジというものは、何と昔から変わらないことかと、少々呆然たる気持にさえさせられる。古代の詩歌表現の中には、そういう局面において見られた、発達せざる方の人間性の鮮やかな証言がたくさんあって、それらを読むことは、傲りたかぶった文明社会の構成者であるわれわれにとって、炎天に驟雨を浴びるようなさわやかな経験でありうる。

これを少し別の角度から眺めてみたい。なぜ、古代の河べりの民の書きのこしたものが、数千年の歳月を経て私たちを面白がらせるのだろうか。あるいは日本について言っても、『記紀歌謡』や『万葉集』の歌が、なぜ今日のわれわれにも強く訴えるものを持っているのだろうか。

答はまことに簡単で、今日われわれが追体験することがきわめて難かしい古代人の信仰生活の側面などを一応別とすれば、メソポタミアの人々の諺にしても詩にしても、日常生活の非常にささやかな喜び、悲しみ、怒り、絶望といったものを文字にした、実にささやかな表現であった。それは日常生活の退屈な繰返しを見つめ、そこから反転して自分の心に見入りつつ歌われたささやかな表現だったから、時代を超えて心に響くものとなった。

言葉の皮肉な在り方のひとつに、大げさな言葉はわれわれをあまり感動させず、つつましく発せられたささやかな言葉が、しばしば人を深く揺り動かすという事実がある。

私は日ごろ詩を書いたり、散文を綴ったりしているが、いずれの場合においても最も難かしいのは、自分が一番力を入れて書こうとしていること、いわば思い詰めて考え、人に伝えたいと思っている一番大事なことをどう表現するかという問題である。強調したいことは最上級の言葉で語りたいと思うのが自然の要求であって、その誘惑は強い。けれども、私たちが採っている最上級の表現というものは、皮肉なことに、たいていの場合は出来合いのものである。概念的で通念によって汚され、ひからびた表現である場合がほとんどである。その例証は政治家たちの用語の中にいくらでも見出すことができる。最も明瞭に人の心に叩きこみたい思いを表現するのには、出来合いの大げさな表現と正反対の方向へむかって道を探さねばならない。すると、その瞬間から、何が最もその場に適した表現であるかについての、闇夜の手探りに似た状態に投げこまれる。通念の次元ならきわめて通りのいい種類の言葉を投げすてた瞬間から、人は常に、最初の一語をどう発するか、という、いつの時代にも変らない表現者の初歩的で究極的な困難に新たに直面しなければならない。

私はこういう問題について思うとき、よく中原中也が日記だったかエッセイだったかの中で書きしるした言葉を思い起こす。中原は「問題は紛糾してはいない。野望が紛糾しているだけだ」とそこに書いていた。含蓄ゆたかな思想である。たしかに、問題は紛糾してはいない。人間の拠って立つ根本のものは、そんなに複雑多岐にわたっているわけではない。いつの時代にも人は生活者として生き、愛し、語り、書き、読みということを繰返していて、いかに重要な問題もその範囲の外にあるわけではなかった。もちろん一人の人間の「生活」は複雑多岐であり、必然的に表現も複雑多岐であらざるを得ない。けれど、それは依然として日々のささやかな営みの中で徐々に組織され、構成されてゆくものであって、その事情は、表現の細部をとってみればどの細部もそれ自体としてはささやかなものであるという事実と正確に照応し合っている。よく構成され、稀有な関係を形造るにいたったささやかなものの集りが、巨大な結果を生むのであり、その巨大な結果とは、人間の拠って立つ根本のものをじかに背負っているものにほかならない。

そういうことを考え合わせれば、大げさな言葉がわれわれを感動させず、逆に、つつましく発せられたささやかな言葉が、しばしば人を深く揺り動かす理由も納得がゆくだろう。

さて、私は、ある日、フランス語の辞書を見ていて面白い言葉を見つけた。それは「贈物」という言葉である。贈物というのはフランス語で、cadeau《カドー》という。この語の来歴について、フランスの辞書は次のようなことを書いていた。つまり、この語は「頭《かしら》」「首長」を意味するラテン語から派生してきた語で、最初は「大文字」という意味だった。これがしだいに、「話を豊富に面白くするための修飾的な言葉」を意味するようになった。それが十七世紀ごろのことらしい。そして、話を豊かに面白くするというところから、今度は「婦人のための気晴らしになるような言葉」という意味をもつようになった。たとえば男が女の気を引くために話題を豊富にし面白い話し方をする。それを称してカドーを女に贈る、という風に言ったものだろう。それがやがて、「言葉」を婦人に贈るだけでなく、実際に「物」を贈る行為にまで拡大されていったものと思われる。十八世紀ごろからは、カドーという言葉は一般に「贈物」という意味になり、それが現在までずっと続いているというわけである。

私がこれをたまたま辞書で見て面白いと思ったのは、最初言葉について用いられる語だったカドーという語が、やがて「贈物」を意味するようになったことである。われわれが贈物というとき、たいていは物を贈ることを意味する。物に託して自分の気持を贈るのではあるが、相手に渡されるのは大体物であるのが普通である。ところがフランス語の贈物という言葉の中には、もと、人を喜ばせ面白がらせる言葉という意味があった。人を喜ばせるために言葉を贈物にするという思想があった。これはなかなか意味深いことのように思われる。実は日本でも、古い時代にはそういう思想があった。現代においては言葉を贈物にするという思想は、われわれのなかに自覚的にはあまりないと思われるが、平安時代あたりには、言葉は時に最高の贈物だった。

それはどういう意味かというと、言葉の贈物が男女の間で決定的な役割をはたすことが多かったからである。もちろん、それは和歌というものを日常の生活必需品としていた貴族階級のことだが、彼らの間では相手に近づこうとするとき相手に贈るもっとも重要な贈物は、歌だった。歌は、一度も顔を見てさえいない女を口説きおとすのに用いられる名刺代りの挨拶であり、個性と教養の見せ場であり、もちろん誠意の披歴の道具だった。それに対する女の返歌は、彼女の運命を決定する可能性のある意思表示の唯一の手段だった。

その贈答は直接本人同士が手渡しするわけではなく、使いの少年などを走らせたのだった。歌をしるした手紙は、季節季節に咲いている花の枝とともに相手のもとにとどけられた。花もまた、言葉の補助手段として用いられた。女はそれらを見て、すぐに返しの歌を書く場合もあったし、にぎりつぶすこともあった。男も同様である。何といっても女のほうが真剣に相手の歌を見ただろう。歌を読んで、この男は実がありそうだとか、才能が非常にありそうだとかの判断を頭の中で真剣に反芻したはずである。そういう形だったから、これはまことに不安定な求愛であり、返答だった。それで最後に、結ばれたり結ばれなかったりする。女は、幸福になったり不幸になったりする。その運命を決めるべくかわされている歌というのは、したがって、なかなかもって重大な贈物といわねばならなかった。言葉を贈る。その贈物が相手に気に入るか入らないか、それが明日からの生活を左右することにもなった。

ところで、なぜ言葉のようなものが贈物になり得たのだろうか。思うに、和歌一首一首は実にささやかなものにすぎない。今日私たちが読むことのできるそれらの歌の数々を読んでみれば、それらのあまりの平凡さにかえって驚かされるというようなものである。それも当然のことだった。五七五七七、わずか三十一文字の和歌というものは、どんなに工夫してみてもごくわずかな事柄しかいえはしない。けれども、それは一度にはわずかなことしかいえないがゆえに、かえって徐々に相手の心に滲透してゆくものとなり、贈答の繰返しを通じてしだいに互いの心が見えてくるという効果が生じたのだった。

われわれが人に贈物をするときのことを考えてみると、この問題は一層よくわかるだろう。つまり、誰かに贈物をする場合、金額の非常に張ったものをいきなり相手に贈りつけたとする。相手のほうでは驚く。まともな人間だったら、なんでこんなものを贈ってきたのかといぶかしく思い、迷惑さえ感じるのが普通である。はては逆に疑心暗鬼にさえなるかもしれない。いったいなにを考えてこんなことをするのか、この人は？　不釣合に高価なものを贈るということは、相手に落着かなくさせる点で逆効果でさえあるだろう。ささやかな贈物こそ、かえって人の心をよく相手に伝える。

たとえば貧しい青年と娘が好き合ったとき、どんな贈物をするだろうか。物は贈れなくとも、言葉を贈ることはできるだろう。ある日二人はどこかへピクニックにいく。美しい山があり湖がある。仮に――こんな言葉はキザに聞こえるかもしれないが――青年が恋人に向かって、「今日のこの風景を君にあげよう」と言ったとする。その言葉が、娘にとっては永く忘れられない贈物として心に残るということは、ありうることである。その風景は万人のために存在している風景だけれども、愛し合う二人にとっては、他のだれにも見えない光がその風景を照らしているのであって、つまりそれは二人だけのための風景なのだった。男のささやかな言葉を通して、一つの風景は娘の中に、ほかの人には見えないある輝きとともに、別の一風景となって棲みつく。すなわち彼女は、他の何ものをもってしても替えがたい贈物を受取るのである。目の前の風景は、そういう一人の人間の発する言葉が付け加わることによって「贈物」となる。

たしかに、贈物というのはささやかなものであっていい。ささやかだからこそ、それをもらったほうでは、自分の心の中でそれを暖め、もてあそび、楽しむことができる。大切なことは、まことに平凡な話だが、心がこもっているかいないかにあって、物や金額の大小にはない。「今日のこの風景を君にあげよう」という言葉がそれを発した青年とそれを聞く娘との関係において、豊かな音楽を奏でるかどうかが、大切な唯一のことである。

「言葉の力」というとき、まず私の念頭に浮かぶのはこういうことにほかならない。「言葉の力」という題目をかかげた話なら、言葉というものの偉大さをあれこれ強調するにちがいなかろう、と思われるかもしれないが、私はむしろ、言葉というもののささやかさを強調したい。一つ一つの言葉はまことに頼りない、ささやかなものだということをいいたい。しかしその、頼りなくささやかなものの集りが、時あって驚くべき力を発揮するところに、実は言葉の昔も今も変らない偉大な力があるのだった。そのことについて考えるために、ごく単純な問題を取り上げてみたい。

世界には、傑作といわれる詩や劇や小説が沢山ある。しかし、これは傑作だからぜひ読んでおきたまえ、と人にいわれたものを読んでみたけれど、ぜんぜん面白くなかったという経験をすることは少なくない。退屈して投げ出してしまうということはしばしばある。古典的傑作というからには、よほどそこには尋常ならざる智恵の結晶があり、すばらしい表現があり、それを読めば今まで知らなかった世界がわがものとなり、自分が一段と成長したような実感を味わえるだろう、というようなことを考えながら意気ごんでとびついてみると、これがどうも勝手がちがって、面白くない。そこで、とびつくのも早ければ投げ捨てるのも早く、さっさと離れてしまうことになる。そうなるのも無理はないと思われる事情があって、それはひとつには期待が強すぎるのだ。往々にして人は古典の中に性急に何らかの結晶化した智恵や教訓を求めにゆく傾向があって、現実にはそんなものは滅多にないから、失望する結果になる。古典を読むためには、むしろことさらに時間が必要だし、その作品の生れ出た時代環境に関する知識も必要で、つまり何度も繰返して徐々に深入りしてゆくほかないのが古典というものなのである。

それというのも、古典として多くの人々に長い歳月仰がれてきた書物は、決してどぎつく人目を惹くような名文句に満ちているわけではなく、むしろそこで使われている言葉は、あたりまえの言葉が多いのである。ふだん使わないような珍らしい言葉をふんだんに使って書かれた千古不滅の傑作などというものは、まず全くないといっていい。傑作というもののすばらしさは、一語一語とってみると実に普通の言葉で書かれている点にあるとさえ言えるだろう。これは傑作だから読んでみなさい、と推賞されて読んでみたが一向につまらなかった、というようなことが生じるのも、一見退屈で平凡であることが、古典というものの通性だからである。そのとき自分の心がそれに対して素直に入っていけないようなときは、そこに書かれていることは全くありふれたこととしか思われない。そういうものが古典というものであるらしい。

私も日本文学の古典、詩歌についていえば『万葉集』とか『古今集』とかを読んできた。『万葉集』の場合には、初めて読んだときでも感興をそそられる歌が少なくなかったが、『古今集』の場合は、とてもそうはいかなかった。おしなべて退屈なものではないか、と思った。それには正岡子規の否定論の影響もあったが、それだけでなく、読んでいきなりこちらに分るものを性急に求めていたため、つまり、てっとりばやく「古今集とは何か」「古今集の本質とは」ということを分らせてくれるものをそこに見つけようとしていたため、かえって『古今集』そのものの中に入れずにいたのだった。そういう期待をもって読んでみると、そこには花だのホトトギスだの涙だの月だのばかりが目について、何とものっぺらぼうな、平凡な世界しかないように思われ、失望してしまうのである。必要なのは、花や月をそのように大事にしていた精神そのものの構造を知ることだが、それは徐々にしか見えてこない。しかしそれが徐々に見えてくると、にわかに『古今集』というものが面白くなってくる。

こういうわけだから、古典を人に推賞するのは、本当は非常にむつかしいことである。『古今集』のこの歌は面白いから読んでごらんなさい、というようなことは、軽々しく言うことができない。それをやると、あるいはそうでなければ相手が自分で発見して好きになるかもしれない歌を、あらかじめ嫌わせてしまうことになりかねない。

結局こういう問題は、古典とよばれるような作品の言葉というものが、表面的にはごくささやかで当りまえなものの連りであるために生じる問題だといえよう。そのささやかなものの背後に巨きなものが見えてくるまでは、古典作品などというものは、言ってみれば屑同然である。しかしこちらの心がその世界にしだいに入りこんでいけるようになると、それは屑ではなくて、星屑になる。

今、言葉を大切にしようと多くの人が言う。言葉を愛しましょう、言葉を守りましょうと多くの人が言う。その場合、根本の問題は、その大事な素晴らしい言葉というのは、実はそのへんにごろごろ転がっているあたりまえの日常の言葉なんだということに対する徹した認識があるかないかということだろう。そのへんに転がっている言葉以外に、素晴らしい言葉なるものはないんだということに気がついてくると、私たちの口をついて出てくる一語一語の大切さが、しんからわかってくるということにもなる。どこか別の場所に、万人が一せいに認めるような、誰が見ても素晴らしいという特別な言葉があって、それを崇め奉っているのが言葉を愛することであり、言葉を大事にすることであるならば、こんな簡単な話はない。よく、「詩を書こうと思っても、語彙が貧弱で……」と言う人がいる。私はつねづねそういうことがありうるものかどうか疑わしく思っている。自分以外のどこかに「語彙」の宝庫があるかのように聞こえるからだ。問題は紛糾していないのに野望が紛糾している一例ではないかと思う。

日常用いているありふれた言葉が、その組合せ方や、発せられる時と場合によって、とつぜん凄い力をもった言葉に変貌する。そこにこそ、「言葉の力」の変幻ただならぬあらわれがあり、そこにこそ言葉というものを用いることの不思議さ、恐ろしささえあるということだ。なぜそういうことが生じるのだろうか。結局のところ、事柄は次の一点に帰着するだろう。つまり、われわれが使っている言葉は氷山の一角だということである。氷山の海面下に沈んでいる部分はなにか。それは、その言葉を発した人の心にほかならず、またその心が、同じく言葉の海面下の部分で伝わり合う他人の心にほかならない。私たちが用いている言葉は、そういう深部をほんのちょっぴりのぞかせる窓のようなものであって、私たちはそれをのぞきこみながら相手の奥まで理解しようとたえず務めているのである。現代の作品を読む場合でも、自分が非常に感動したある作品を、他人が、なんだこれは、つまらない、と言い捨てるのは、その人には、たまたま言葉の氷山の下側の部分の面白さが感じとれないからである。

右のようなことは、別に目新しい意見でもなんでもない。古代のインド人は、もっと上等な言い方でそれを説明している。バラモン教の聖典『リグ・ヴェーダ讃歌』の中に、宇宙創造に関連して、言語は「四個の四分の一」から成るということをのべた一節がある。つまり、言葉には四種類ある、そしてそのうちの三つは秘密に隠れている、というのである。この謎めいた言語論について、私は以前次のような解釈を読んだことがある。つまり、最初の四分の一は、絶対者そのもの、第二に絶対者が自己自身を実現しようとする言葉、第三に、絶対者が自己を表現しようとする言葉、そして第四に、これだけが外部に発せられるところの、われわれ人間が通常用いている、いわゆる言葉。古代インド人の思想の論理癖がいかんなく発揮されている考え方だが、含蓄豊かな考え方だと思う。

インド人のこういう考え方は、詩というものについて考える習性のある人には、強く直観的に訴えてくる力をもつ思想だと感じられるだろう。詩だけでなく、音楽について心をひそめても、あるいは絵画とか彫刻とかについて考えても、同様の感じがあるのではなかろうか。少なくとも、この『ヴェーダ』の考えをもう少し類推作用によって押しひろげ、適用範囲を拡げてみると、次のようなことが言えよう。つまり、目に見えるもの、聞こえるものの世界は、それだけでは決して世界の全てではないということである。

二百年近く以前のドイツの詩人ノヴァーリスが——この人は二十代で夭折したが——書き遺した本に『断章』がある。その中には、自然科学や哲学や魔術その他、百科全書的な分類のもとでの思索の断片がおびただしく連ねられているが、そのなかに私をびっくりさせた言葉がある。「見えるものは見えないものにさわっている。聞こえるものは聞こえないものにさわっている。それならば、考えられるものは考えられないものにさわっているはずだ」。これは詩人の直観がとらえた大変に深い洞察をあらわしている言葉である。つまりわれわれが考えることのできるものの世界は、限られていてささやかである。しかし、その考えられるものが考えられないものにじかにさわっているということは、言いかえれば、有限なるもの、ささやかなものがじかに無限なるものにさわっているということである。いかにも詩人の直観的な表現だが、ある神秘な拡がりを秘めている。

哲学者がこれを読めば、そこに哲学的瞑想への貴重なきっかけが得られるかもしれないし、またたとえば画家がこういう考えに打たれたなら、ひょっとして一生の転機になるような美術観の変化というものが生じるかもしれない。見えるものにさわっているという見えないものを、どうやって画面に描くか。音楽家にとっても、聴こえるものにさわっているという聴こえないものを、どうやって音楽の世界のものにするか。すべて、難問である。しかし、創造的な刺戟を秘めた難問である。そして、ここであらためて気づいて驚かざるを得ないのは、ノヴァーリスがこの奥行きのある思想を語るのに、まことにささやかな言葉しか用いていないということである。彼はあたりまえの言葉を使って簡潔に書いている。しかしそこで語られている思想は、豊かな展開の可能性を秘めている。

このように見てくると、私たちがしばしば用いて語るコミュニケーションという言葉についても、若干ふれておきたくなる。私は、日常生活においてはもちろん、文章の中でも、よほど必要にせまられた場合でないと「コミュニケーション」という英語を用いて語りたくないという、やや偏見的な態度を持っている人間である。思うに、人の心と心のふれ合いということを語るためには、コミュニケーションという外来語はあまり役に立たない。また、コミュニケーションという言葉を用いて論じられる領域では、大前提として、人の意思は伝わらないより伝わるほうがよい、しかもより早く、広く伝わる方がよいという善意の考え方があると思われるが、私は人間というものにもう少し別の暗闇があることの方を大切に思っているので、コミュニケーションというピカピカした言葉になじめない。コミュニケーションは訳せば「伝達」とか「通信」という意味だが、人間の気持というものはそんなに簡単に伝わるものではないという、われわれが体験的に知っている事実は、なかなか大切な問題を示しているのではないだろうか。最も相手に伝えたい気持は、最も言葉にしにくい微妙な複合体なので、大事なことほど簡単に伝わりにくいものだということが一般に言える。さらにこれを押して言えば、そんなに簡単に人に気持を伝えようとしないほうがいいとさえ言えるのではないか。誤解の余地が常にあることの方が、人間であるという条件に対しては忠実な生き方だという気がする。そこから生じる悲しみや憤りを含めて、そういう気がする。

ある思いを簡単に伝えるということは、能率という観点からすれば無条件によしとされることであろうが、人間は能率のみによって生きるわけではない。能率の奴隷として生きることが人間の幸福であるわけではない。人と人との間をつなぐ最も重要な通路に言葉というものがあって、それが「コミュニケーション」をも生むものだが、言葉にはよくわからない部分があっていいのだ、というのが私の考え方である。言葉の通路には薄くらがりがあちらこちらにある方がいいのだ。なぜなら、人間というものは、そんなに薄っぺらなものではないと思うからである。もちろん私は、コミュニケーションの理論やその広範な応用について頭から反対しているわけではない。ただ、人間は「コミュニケーション」を拒否することにおいて人間そのものである場合もある、という事実に関心を寄せずにはいられないだけである。

ある人間、ある事象に対してかたくなに拒絶的な態度をとることによって、かえって鮮烈に考えや気持を伝えることができることもある。そういう点から眺めると、人間の心には、無数の扉があって、ある扉はたえず開かれたり閉じたりしているのに、一生に一度か二度しか開かない開《あ》かずの扉もまたあるという風に思われてならない。その開かずの扉を開くか開かないかということは、その人にとっては大事件なのである。その開かずの扉が何らかのきっかけで開くときに生じる他者との全く新しい関係、それこそが、かけがえのない「コミュニケーション」の姿のように思われる。それは、ある心と別の心との間に、とつぜん新しい橋がかかることにほかならない。それが人を幸福にするかしないかは一概に言えない問題だが、少なくともその瞬間、人は自分自身について、あるいは相手について、新しい発見をする。暗い部分に光がさしこむ。つまり、ノヴァーリスの言葉にもどっていえば、「見えるもの」にさわっている「見えないもの」が見えてくる。私たちは日常おびただしい「コミュニケーション」の網目の中で生きながら、心の底ではたえずそういう瞬間、この「もう一つのコミュニケーション」を渇き求めているのではないだろうか。

まあそういう出来事があまりしょっちゅう重なっては、かえってくたびれてしまうということもあるので、開かずの扉はなるべく開かないほうがいいという気持も一方ではあるほどだが、詩とか芸術とかいうものは、言ってみればこの開かずの扉を何ものか大いなる力の助けによって開けていこうという衝動に支えられているものであろう。

結局、言葉というものの大切さは、それが人間のこういう思いに最も深く関わっているものであるという点にある。言葉が、そのものとして絶対的に大事だということではない。もちろん、言葉は人間の大事な持物だが、それは言葉というものが、なぜかわからないけれども、人間のなかに思想や感情を呼び起こす力を持っているものだからであって、一語一語を物神崇拝的にあがめてみても、言葉の命にふれることはできない。

教育心理学という領域の話になるが、ある観察の対象になっている思春期の少女が、あるとき医師に書いてきた文章の中に、「私は今、静けさの中に聴きいっています」という言葉を書いてきたという。それで、この少女が一つの段階を通り過ぎ、精神的に大人の世界に入ったという判断を医師は下した、という話を読んだことがある。この話はなかなか面白いと思って記憶している。私たちが「聴く」というときは、物音を聴くというのが普通だが、逆に、物音の絶えた「静寂」を「聴く」という行為が、この娘の場合だけでなく、すべての人にとって、決して馬鹿げたことではなく、むしろ精神のより深い部分の目覚めを意味しているという事実は暗示的である。「聞こえるもの」にさわっている「聞こえないもの」の実感的な把握が、この少女に今起こったわけである。そして、そのことを告げる彼女の言葉は、単純そのものといっていいが、その単純な言葉が引きずっているものの世界は大きくて深い。パスカルの『パンセ』のような本が何度読んでも私をうつのも、パスカルの短い言葉が、それを露頭させている深い氷山の下の世界をよくうかがわせるに足る力をもっているからであろう。

美しい言葉とか正しい言葉とか言われるが、単独に取り出して美しい言葉とか正しい言葉とかいうものはどこにもありはしない。それは、言葉というものの本質が、口先だけのもの、語彙だけのものではなくて、それを発している人間全体の世界をいやおうなしに背負ってしまうところにあるからである。人間全体が、ささやかな言葉の一つ一つに反映してしまうからである。そのことに関連して、これは実は人間世界だけのことではなく、自然界の現象にそういうことがあるのではないか、ということについて語っておきたい。

京都の嵯峨に住む染色家志村ふくみさんの仕事場で話していた折、志村さんがなんとも美しい桜色に染まった糸で織った着物を見せてくれた。そのピンクは、淡いようでいて、しかも燃えるような強さを内に秘め、はなやかでしかも深く落着いている色だった。その美しさは目と心を吸いこむように感じられた。「この色は何から取り出したんですか」。「桜からです」と志村さんは答えた。素人の気安さで、私はすぐに桜の花びらを煮詰めて色を取出したものだろうと思った。実際はこれは桜の皮から取出した色なのだった。あの黒っぽいゴツゴツした桜の皮からこの美しいピンクの色がとれるのだという。志村さんは続けてこう教えてくれた。この桜色は、一年中どの季節でもとれるわけではない。桜の花が咲く直前のころ、山の桜の皮をもらってきて染めると、こんな、上気したような、えもいわれぬ色が取出せるのだ、と。

私はその話を聞いて、体が一瞬ゆらぐような不思議な感じにおそわれた。春先、もうまもなく花となって咲き出ようとしている桜の木が、花びらだけでなく、木全体で懸命になって最上のピンクの色になろうとしている姿が、私の脳裡にゆらめいたからである。花びらのピンクは、幹のピンクであり、樹皮のピンクであり、樹液のピンクであった。桜は全身で春のピンクに色づいていて、花びらはいわばそれらのピンクが、ほんの尖端だけ姿を出したものにすぎなかった。

考えてみればこれは真実その通りで、樹全体の活動のエッセンスが、春という時節に桜の花びらという一つの現象になるにすぎないのだった。しかしわれわれの限られた視野の中では、桜の花のピンクしか見えない。たまたま志村さんのような人がそれを樹木全身の色として見せてくれると、はっと驚く。

このように見てくれば、これは言葉の世界での出来事と同じことではないかという気がする。言葉の一語一語は、桜の花びら一枚一枚だと言っていい。一見したところぜんぜん別の色をしているが、しかしほんとうは全身でその花びらの色を生み出している大きな幹、それを、その一語一語の花びらが背後に背負っているのである。そういうことを念頭におきながら、言葉というものを考える必要があるのではなかろうか。そういう態度をもって言葉の中で生きていこうとするとき、一語一語のささやかな言葉の、ささやかさそのものの大きな意味が実感されてくるのではなかろうか。それが「言葉の力」の端的な証明であろうと私には思われる。

（愛知県文化講堂における一九七七年九月二十一日の講演速記に加筆したものである。）

詩とことば

　ことばというものを一般論として考えるということは、本来たいへん難しいことですが、詩のことばに即しつつなるべく一般性を持った問題について考えてみたいと思います。

　詩を書いていてよく訊かれる、そして自分でも答えにくい問題の一つは、作者の意図したところと読者の読み方とのギャップの問題です。自分が自作に感心しているほどには他人《ひと》は感心してくれないし、どうやらわかってさえいないらしい、こういう悲しき経験を持っている人はたくさんいると思います。たまにはまた、自分で意図したところよりはるかに豊かな読みをしてもらったということも、まあ稀れにはあるでしょう。そんな場合は、びっくりしながらも嬉しいような不思議な感じになる。逆に自分が勢い込んで書いたにもかかわらず、全然そのメッセージが届かないという場合もありますね。そういう時には何だか腹が立つ。しかし、誰に対して腹が立つのかわからない。結局、自分が悪いわけなんですからね。

　ことばというものは、まず伝わるか伝わらないかという問題があるんですね。これは詩を書いている人だけではなくて、文章を書くすべての人にとって常に大きな問題でありますが、とりわけ詩の場合に大きい問題となります。散文家においても同じ問題はありますけど、散文でそれが大問題になる可能性は、まあ、詩よりは少ないというのが普通じゃないかと思います。詩というのは、伝達の可能性という点については常に問題性が大きい形式のように思うんです。もちろん、ことばというものはそんなに伝わるものではないんだということを、初めから前提して書く立場に立ってしまえば、問題は逆に簡単になってしまうでしょう。しかし、当り前のことを言いますが、ことばというのは、結局のところ伝わらないと困るんです。

ことばが発生した根本のところにかえって考えてみます。人が単独で地上に突如出現したとしたら、その場合には、ことばというのはありえなかったでしょう。ことばは少なくとも二人以上の集団の中でしか発生もしなかったし、存在もしなかったはずです。もちろんことばが声として現れた時には、叫び声のようなもの、呟きのようなものとして発生したのでしょうけれど、それが本当の意味で〝ことば〟といわれるものになるためには、そこに複数の成員から成る、いくつかの重要な点で共通の基盤を持った社会が成り立っていなければならない。

問題をはっきりさせるために例をあげれば、ここに突如として宇宙人がやってきたとします。その宇宙人がことばを持っているかどうかということは、何にもまして大問題ですね。宇宙人とぼくとの間に何らかの意味で繋がりを保とうとする場合には、ことばというものが必要になるわけです。その場合、宇宙人がはたしてことばを持っているかどうかということを知るために、ぼくがいくつかの物を示して単語を発したとします。単語に関連した物を示して、関連したものであることをわかるようにしておき、これと繋がりあるもう一つ別のものを示して、別のことばを発してみます。もし向こうで、最初のものに対して××××と言い、別のものについて××××、○○○というふうに言ったとしたら、そこにあるシステムが存在していることがわかるわけです。つまりこちらでは物体Aと物体Bの間に言葉の上で何らかの繋がりがある。一方むこうが発声するわけのわからない音の繋がりについても、ある音と別の音が必然的に繋がっているということがわかる場合には、この連中はことばを持っているということがわかるわけです。言い換えると文法がありシンタックスがあるということなんです。ぼくと相手の間でいわゆるコミュニケーションが成り立つ可能性がそこで初めて出てくるわけです。

ここでぼくがある一つの単語だけを発して、向こうが全然関係のない単語をパッと発声しただけでは、向こうが言葉を持っているかどうかということはわかりません。こちらのことばに文法によって統合された一つの体系があり、向こうにもその体系と対応する別個の体系があるということになれば、彼と意思を通じ合わすことも可能になるでしょう。宇宙人がそれを「意思」と考えるかどうかは知りませんが。とにかくこういう一定の現象については必ずこういう一定の音のつらなりを発してくるということがわかれば、相手に、われわれの言うところの「ことば」があることがわかり、そこで対話の可能性も考えられてくるというわけです。それによって初めてことばというものが、本質的な意味でお互いの間に存在するということがわかります。われわれが口から発する音がことばになるためには、そこに意味が含まれていないといけないわけですね。意味がそれぞれのことばの文法によって統一されていなければならない。そういうわけで、ことばというものは、それそのものとしても秩序ある集団として初めから存在し、しかも人間の集団の中で機能するものだということになります。ぼくが何かを言った時に、聞いた人はそれについてとにかくわかる。わからないとことばとは言えない。ぼくが何かを言うときは、それを受け止めてくれる人がいるということを、ぼくは想定しているわけです。

ところが次に問題になるのは、ことばというものは、一体完全に伝わるものなのかどうか、ということです。ことばというものは完全に伝わるものじゃないと思います。論証抜きで言ってしまいますけど、これは体験的にわかることです。たとえば長いあいだ隠してきたことを、無理を押して公表したとします。それが意外にも周りの人にはありふれたふつうのこととして受けとられたとします。これはよくあることですが、その場合、ことばが完全に伝わったと言えるのか。もちろんことばの意味は伝わって「そうだったのかい」という返事が返ってきたとしても、逆に、そんなに簡単にわかってたまるか、とこちらは思う。ずいぶん勝手な話だけれど、これもまたよくあることです。そういう場合、ことばは伝わっているけれど、また伝わっていないということになるわけです。

そういう意味では、ことばというのはどうも非常に扱いのむずかしいものだ。完全に伝わるものでもないけれど、全く伝わらないものでもない。しかし、そういい捨ててしまうだけでは、話はすみません。話を単純にするため、日常生活の中でのことばを考えてみますと、ことばにはとにかく普遍的に伝わる部分というのが、あることはたしかです。たとえば「わたしは×××へ行きます」ということばは誰がきいてもその人が×××へ行くという意味が伝わります。ところがこれを語順をひっくりかえして、「行きます、私は×××へ」という言い方をするとします。そうすると、これはもうかなりいろいろな意味を含んでくる。これを発した時の状況いかんによって、ここにこめられた感情の強さ弱さ、方向、角度、おおいに違って受けとれます。「私は、行く。」というのと

「行く、私は。」というのとは非常に違う。「行く、私は。」と言った時には、怒って言ってる場合もありましょうし、喜んで言ってる場合もありましょう。男あるいは女が、相手に裏切られたか何かして、「行く、私は。」と言って飛び出す場合もあります。「私は、行く。」と言う場合とでは、そこにこめられた主体の思考・感情内容が違います。人間というのは、意味の面で生きていると同時に、感情の面で生きてますが、この感情の面というのが、ことばではなかなか正確に伝わりにくいんですね。「私は、行く。」というだけだったら、どこへ持っていっても「私は、行く。」という意味は伝わるのですけど、「行く、私は。」と言う時には、状況のいかんでいろんな意味が生じうる。必ずしもすべて伝達できないかもしれない。

じつはこのようにして考えられたことばの問題が、詩の問題としても大きなものになると思うんです。散文の場合には「私は、行く。」あるいは「行く、私は。」と書いてあっても、そのニュアンスの差異は、前後に「そのときAはBに向かって、タバコの吸殻を投げつけながら叫んだ」というような文章があればわかるわけですけど、詩の場合、そういうことは必ずしも説明されない。「行く、私は。」の下に「!」がついてるだけかもしれない。読者のほうはいろいろ考えるわけです。考えないとこのことばが何を意味しているかわからない。なかには芸がまずいためにわからないだけの詩もありますけれど、また非常にいい詩もあるのです。

散文の場合、論理的な意味の領域が、相対的には非常に大きいけれども、詩の場合には非論理的な意味の領域が大きいんですね。非論理的な意味の幅が大きい。その幅の中でいろんな書き方を詩人たちがします。読者としては、ある詩人に惚れこんで、その人の作品をたくさん読んでいくと、自然にその詩人の持っている感性の論理が、非論理的なことばを使ってあっても、つかめるようになります。この詩人はこういう感受性のあり方において、こういう非論理的な書き方をしているんだということがわかります。しかしたまたまアンソロジーのようなもので一篇の詩を読んで、わかろうとするときには、むずかしい問題にぶつかります。たまたま出会った詩をたいへんに誤解しちゃって、感激してすばらしいと思ってしまうというようなおかしいことも生じる。それが決して無意味ともいえない場合もあるから、面白いのです。

どこかに引用されていた、ある詩人の作品のある一節だけを見てすばらしかった、それが忘れられないという経験は誰にでもありましょう。ところがじつは、その一節は作品全体の中ではどうっていうことない一節だったりする。引用した人が非常にうまく引用したんですね。批評の醍醐味というものは、引用の妙技にあると言っていいようなところがあるので、そういう見事な引用をして、読者が引用された詩を見ただけでその詩人の名前を永久に忘れないということになれば、その引用術はすばらしかったわけです。いずれにしても詩のことばの問題にはそういうこともあります。

とにかく、ことばを考える上では、とりあえず論理的な意味が伝わればいいということばの領域と、それではすまされないことばの領域があるということは認めなきゃならないと思います。論理的なことばはどういうふうに了解されるかと言うと、「このお金で○○へ行って×××を買ってきて下さい」と言われて、言われたとおりのものを買ってくれれば、その瞬間に「買ってきてくれ」と言ったことばは消滅していいわけです。ことばは相手に全面的に伝わっているわけです。それが行動の結果としてわかるわけです。

ところが結果を見てもわからない領域がある。たとえば先ほどから言っている感情の領域ですね。感情とか感覚とかいろんなことばで言いますけど、広く言って感性、sensibility の領域です。この領域で用いられることばというのは相手にどう伝わったか、結果が必ずしもはっきりしません。絶対こういうふうに受けとってもらえるはずだ、と思って書いた詩が、全然違って受け止められるということがありうる。なぜかというと、詩人は意味のあることばを用い、できるかぎり論理的に構成して作ってもいるつもりなんですが、彼が実際に目的としているのは、単なる論理的な意味の伝達だけでなく、もっと混然とした伝達なんです。相手の感性に対して自分の訴えたい思いをことばを通して訴える、ということなんですね。こういうことばの領域では、相手がどう受けとったかということは、相手の行為に明確な結果としては出てこないから、わからない。たまたま何年も後に、「きみが書いたのはそういう意味だったのか。ぼくはこういうふうに受けとっていたよ」などと言われて仰天するわけです。そして相手に説明を訊くと、なるほどそうも読めるように自分は書いている、結局、詩がまずいからそうなってしまったんだということになる。しかし問題はそれだけでなく、その詩には本来いろいろな読みの可能性があり、相手はその可能性の一方を選択したために、こちらが書いた時の意図とは違う受けとり方をしていて、それでもちゃんと詩の享受として成り立っていたんだ、ということだってあります。

いったい、感性に訴える言葉にはどんなものがあるかというと、まず詩がありますが、いわゆる文字言語を離れても、音楽、絵画、彫刻、舞踊、その他、人間の芸術的表現といわれるものは、みなそういうものだと思うんです。たとえばダンスでもダンスのことをよく知っている人と知らない人が同じダンスを見たのでは、二人が感じとるものはずいぶん違います。それは理屈が伝わればいいというようなものじゃない。踊り手の体の一瞬一瞬の緊張のあり方が、全然踊りを知らない人にはなんでもなく見えても、踊りを知っている人には、ピンピン体でわかってしまいます。それをもとにして自分の感性の判断によって、これはすばらしい舞踊家だ、あるいはだめなダンサーだというふうに判断できるわけです。そうでない人は、なんだかきれいだったなアー、というだけですんでしまう。きれいだっただけでもいいじゃないかと言えば、まあそれでもいいわけですけど、ほんとうは受け止める人の感性——いわばたくさんの吸盤を持ってるようなものですけれど——の吸盤が一斉に働くんですね。感性に訴える作品というのは本来そういうものなんです。それを受けとるには受けとるだけの準備も訓練も必要なんです。ここのところが近ごろはわからなくなっちゃって、自分さえ感じがよけりゃそれでいいじゃないか、うるさいことを言うな、という考えの人も多くなったようです。しかしそういう人はいつまでたっても、作られたものの本当の面白さや良し悪しはわからないでしょう。

感性というのはどういう性質のものかというと、たとえば喫茶店で向かい合って座っていて深刻な話をしている、話をしながら知らない間に爪で机を叩いたりする。無意識にやっていてハッと気がつくとリズムをつけて叩いてるんですね。これは非常にささやかな例なんですけど、このリズムをつけるというのが感性の働きなんですね。深刻な話を聞いていて、かわいそうだなと思っているのに、鼻粘膜はコーヒーのいい匂いを嗅いだり、隣のカレーライスの匂いを吸いこんで、何となく食事のことも頭をかすめたりする。一方、手ではリズムをとって知らない間に机を叩いていたりするんです。これらは全部感性の働いている領域の出来事です。そういう意味では人間というのはじつに無秩序に同時発動している触覚、味覚、嗅覚、視覚、聴覚のこんがらがった合体なんですね。ところが不思議なもので、そういう無秩序なものでありながら、無意識に爪で机を叩く時にもリズムをとっている。つまり秩序を自然に求めている。感性というのは、それ自体においては甚だ無秩序に混沌としている全体ですが、動き出すときには秩序を求めるものだということがはっきりすると思います。

別の例をあげれば、星座という観念、図式は人類が発明したものです。あれだって感性の働きがもとにあって生まれたもので、無秩序に天空に散在している星の間に、いろんな形の秩序を見出そうとしている。点にすぎない星と星との間にものの形、図柄を想定している。感性の働きにはこういう重要な要素があります。そしてそれがことばの問題にも非常に関わっているのです。気取って言えば、感性というのはそれ自体の空虚において創造的である、というような言い方もできるでしょう。

大体が、感性というのは、ボヤーッとしている時に自然に秩序を求めて働き出すような性質のものです。ニュートンはリンゴが落ちるのを見て引力を発見したそうです。リンゴが落ちるのを何万人の人が見てきたかわからないけれど、ある人だけがリンゴが落ちるのを見て引力を発見したというのは、言ってみれば異常なことです。その場合、リンゴそのものの落下を今見てる人は、引力のことまでは思いつかないのが普通でしょう。彼は落ちるリンゴを見ているので、引力を見ているわけではありません。引力というものに思いいたるには、リンゴが落ちた、それが記憶になって留まって、なぜリンゴは落ちるんだろう、とあらためて考えるのではないでしょうか。まあニュートンみたいな天才は一瞬にしてパッとそれが繋がったんでしょうけれど、大体においては、現に眼の前にあるものを見ているのと同じ瞬間に別の次元のことを考えることはできない。思考が生まれるとすれば、その物が眼の前から消えたあとで生まれるんですね。

イメジというものも同じで、イメジというのはものの虚像ですね。たとえばここにコップがある。これはコップである、とは言いますけど、ここにコップのイメジがあるとは言いません。コップを隠しちゃって、頭の中にその形が浮かんだ時に、コップのイメジが浮かんだと言うわけです。また、コップが机の上にある、と言葉で言えば、聞いた人はそれぞれがそのイメジを持つことができます。その意味で、イメジは人間の感性が作り出す創造物の最大のものの一つだといえます。イメジは地球上においては、人間だけが特別すぐれて持つことになった想像作用のひとつらしい。

ところがここに問題があります。というのは、ことばはイメジを生み出す最大の武器と言っていいのですが、コップという言葉を発した場合、ある人はビールの大ジョッキくらいのコップを思い浮かべるかもしれないし、色のついた小さなコップを思い浮かべる人もいるかもしれない。千差万別です。コップということばだけではそこまでしかいけないんですね。コップを指し示すことはできるんですけれど、そのコップは世界のどこにあるコップであるかわからない。詩の中でコップと出てきた場合には、それぞれの人が自分の読み方で、自分の知っているコップを思い浮かべるしかないんです。ことばというのは何かを知らせるトバ口になるかもしれないけれど、決定的にこれひとつです、ということは言えない。

小説の場合にはそれを細かく説明していきますね。「××が持っている縁に金の筋を入れたコップは、窓からさしこむ朝の光を受けてキラキラ煌めいた」とかそういうふうにかなり限定はできます。しかしそれでもそのコップは、読者の中では作者のイメジしたものとどこか違うものを持ってるでしょう。

詩の場合、もっと限定が少ないから、読者の想像はより大きな自由を持ちます。たとえば島崎藤村の詩集は大勢の人が読んでいますが、彼の詩の中に出てくる川のイメジにしても、千曲川辺の人は千曲川ふうの川を思い浮かべるだろうし、最上川の近くで生まれた人は、最上川ふうの川を思い浮かべるでしょう。ことばというのは、それを受けとる人の生まれた土地、育った場所や環境、境遇、そういうものと切離しては理解されないところがあります。ことばのそういう部分はその人固有のことばの肉体だといっていい。しかも同時に、そのことばは大勢の人に通ずることばとして使われているわけです。そこのところが詩のことばの大きな問題であると同時に面白味でもあるわけです。

詩のことばは、たえず正確さを求めて書かれなければならないと、ぼくは思っていますが、それは決して作者の思っていることが、そのままの形で他人に伝わるという意味の正確さではない。自分に見えてることを、できるかぎり正確に書くということを目ざさねばなりませんが、その努力を最大限にしてみても、場合によって非常に違う読み方をされることもある。それは避けられない。

ところで、よく引くのですが、ここにぼくの好きなことばがあります。ドイツ浪漫派の詩人でノヴァーリスという夭逝した人の残したことばです。彼は哲学、自然科学、形而上学というものに非常に関心を持っていて、それらをゆくゆくは大きな大系にまとめようと思っていたらしいんですね。そのために書きためていた断章がいっぱいあるんです。戦前の岩波文庫で二冊までは出ました。その中に「すべての見えるものは見えないものに、聞こえるものは聞こえないものに、感じられるものは感じられないものに付着している。おそらく、考えられるものは考えられないものに付着しているだろう」ということばがあります。この断章の意味はいろんなふうに考えられると思うんですが、意味深長なことばであると思います。この思想はそのまま詩のことばについて言ったものとして敷衍することができるでしょう。詩として発表される、あるいは書く詩は、見えないもの、聞こえないもの、感じられないもの、考えられないものに触っているのではないかと。言ってみれば、そうやって触っている部分を、向こうがわに向けてどこまでおし拡げうるかということが、詩人ひとりひとりのやっていることなんですね。そして、押し拡げれば押し拡げるほど、触れえないもの、聞こえないものの領域がさらに拡がる。そこが不思議なところです。その意味で、詩作品というものは、それが触っていることがはっきり伝わる部分と、よくわからないけれど何か不思議なものに触っていることだけは感じられる、その向こう側の領域とのあわいに、スッと置かれている非常に不安定な創造物だという気がするんです。したがって、作者は一所懸命ことばを彫琢しているんですが、読み手によって違う読み方をされる可能性があるのは当然ということにもなる。

詩というものはどこまで正確に書こうと思っても、どこかにそうでない部分があって、しかもその部分が人を魅惑します。この点で、ことばというのはじつに不思議なものです。たとえば純粋言語というのはありうるだろうかということを考える。純粋な音とか純粋な色というのは、定義の仕方によっては考えられないこともないように思うんですが、純粋言語というものはありえないんじゃないか。必ず意味というものが入ってきて、ぼくにとってのあることばの意味と、だれか別の人にとってのそのことばの意味とが微妙にくい違う。意味の上になにか濁りができるんですね。その濁りが、音とか色とかの場合と違うように思うんです。ことばというのは、それを発する人の肉体とともに過ぎ去るものである。時間性を持っているものであって、言いかえると発せられるにしたがってどんどん滅びていくということですね。滅びていくことばを聞いて、読んでいるうちにジワジワと伝わってくるものが、だんだん心の中に溜まってくると大きな感動になる。ことばは刻々に滅びながら、それを伝えられるほうの人には新たにことばの堆積を残す。ことばを発したほうの人からみると、自分はそういう意味で言ったのではないというようなことでさえ、誰かに大きな影響を与えるということもある。発せられたことばというのは、どこへ行ってどんな巨大な反響を起こすかわからないのです。だからこそ注意深く、可能な限り正確に使う必要がある。

さて、こんな一般論だけではきりがありませんから、一つの語をどう読むかによって詩全体の意味が変ってしまうという例を次にあげてみようかと思います。つまり詩の解釈の問題です。

山村暮鳥という人がいました。大正のはじめに『聖三稜玻璃』というすぐれた詩集を出しました。その中に「岬」という、短いが有名な詩があります。

岬の光り
岬のしたにむらがる魚ら

岬にみち尽き
そら澄み
岬に立てる一本の指。

これを声に出して読むとよくわかるんですが、「岬のひかり」（動詞）と読む場合と「岬のひかり」（名詞）と読む場合では全然違ってきます。これは実はこの詩に対するある人の解釈を念頭に置いて言うわけですが、ここにこういう解釈があります。

「最初の『岬の光り』と最後の『岬に立てる一本の指』は灯台であることはいうまでもない。鳥瞰図的に眺望された岬の風光で、魚の群れはもちろん、その灯台のある風景そのものが小さく、かわゆらしく、清らかにしずかに感じられるところがおもしろい。」

これはこの詩から感じたところをそのまま書いていて、ここにも問題はあるんですけど、大きな問題をもっているのは次の一節です。

「岬のしたに群がる魚らは、灯台の光に慕いよる魚らであり、灯台はキリストの教えである。」

暮鳥のことを知ってる人なら不思議ではないんですが、暮鳥はある時期キリスト教の伝道師でした。信仰に安住できずに苦悩した人ですが、結婚した人も牧師の長女で、彼はその牧師の養嗣子になっています。そういうことを踏まえてこの論者はこう書いたのだと思われます。今の引用文につづく部分は——

「だから岬に『みち尽き』で、そこから更に先の大洋、キリスト教義のもっと奥のことは知るよすがもない。ただ灯台の下にまで慕いより、群がるまでである。『岬にみち尽き』には、聖書を何度となく読み返し、神のみ心をもっと更に知ろうと願った、そして聖書記載の事柄にとどまるほかなかった牧師暮鳥の、人間の限界に気づいたあるさびしさがよくあらわれている。」

これがこの論者の解説の基本的な部分です。ところで、灯台をキリストの象徴だとするのはいかにもあるべき解釈のように思われますね。しかしそれでこの詩は正しく解釈されたことになるのだろうか。

もっと基本的な問題があります。「岬の光り」と「り」が送ってありますね。送ってある場合には、これは動詞と考えなければなりません。大正時代の詩人だったらこういう点で間違えるわけがない。戦後詩人の場合は人によって送ったり送らなかったりですが、「り」が送ってある場合には動詞というのが戦前の仮名づかいの基本です。暮鳥のこの場合も「光る」という動詞です。彼の他の詩を見ても、そこにはあいまいな点はありません。例はいちいちあげませんが、名詞なら「光」で、動詞連用形なら「光り」で、統一されています。つまりこの第一行は、岬そのものが光って透明になっていた、と解釈しなければなりません。「の」は主格を示す助詞です。岬が光っているから魚たちが集まってくるのです。――この魚たちも、キリスト教の教義（灯台の光）に慕い寄るわけではなく、正確には「岬の下に」むれるのです。岬にみちは尽き、空は澄み、そして岬に一本の指が立っている。むずかしいことじゃない。この場合大事なポイントは、「岬」そのものが光るというところにあるんですね。「岬の光り」を灯台であると読みとるのは、キリストを闇夜を照らす灯台と考える象徴学からくるわけで、それが最後の行の解釈にもそのまま尾を引いて、「一本の指」

をも灯台だと読みとることになります。

しかしこういう読みとりかたは、「光」と「光り」の明らかな読み違いは別にしても、山村暮鳥という詩人のものを全部読んでみて、やはり違うんじゃないかと思うんです。暮鳥という人は「一本の指」が岬に立っている。それをまっすぐに見た人だと思うんです。指は灯台の象徴だとするような書き方はしなかった人です。「岬の光り」といえば岬そのものがキラキラと光っているんです。

暮鳥がこの詩を書いたのは大正四年はじめの頃で、実はこの時期は非常に面白い時期です。一群の若い文学者や美術家を襲ったある熱病みたいなものがあった。すなわち、光明、光に対する信仰、憧れです。それはなぜだったのかを考えてみるに、日露戦争が勝利に終ったあとで、「時代閉塞の現状」と石川啄木が言ったような時代がやってきます。大逆事件は明治四十三年ですが、この時期あたりから明治の戦後社会は政治的に暗くなっていった。大きな曲り角が明治末年にやってきました。そういう時代の中で、詩人や歌人が光への憧れを歌ったんですね。たった一人の人が歌ったというのでなく、斎藤茂吉、北原白秋、前田夕暮その他の作品にそれがいっせいに見られます。茂吉の第一歌集『赤光』の「赤光」というのは仏典からきたことばですが、おそらく彼のイメジにあっては、白くキラキラ光っている白色や金色の光に対して、自分の生命の色を赤光と見たのであろうと思われます。つまりちょっと濁っているのが赤の色です。そういう濁りにおいてこそ生命の、血の、光を感じることもできるということですね。白秋の場合はもっと純真に、白金の光のほうに向かって昇っていこうとした。肉体の濁りを消して、ひたすら清らかに澄んだ光の境地へ行こうとしている。『白金之独楽』という詩集はそういう憧れを示しています。前田夕暮という人は、当時の歌人としては最もモダンな人で、光がキラキラおどっているような歌を作っています。

そして萩原朔太郎や暮鳥の詩にも非常にたくさんの光についての言及があります。暮鳥の場合、「ぷらちな」とか「白金」「金」あるいは「寂光さんさん」「木の実キンキラリ」「銀のさかな」「からだ青空」「あきつ光の手」というようなことばが『聖三稜玻璃』にはぞくぞくと出てきます。朔太郎の場合で言えば、初期の「愛憐詩篇」、『月に吠える』の「竹とその哀傷」「雲雀料理」などの章に、やはり光を暗示することば、光そのものに触れたことばがたくさんあります。デカダンスの時代があって、その中から光を求めるという動きが同時代の芸術家の間で広範に出てきていたわけです。だから暮鳥が牧師さんだから、あるいはキリスト教信者だから、という観点から詩を解釈するのは、もちろん大いに必要な面はあるけれども、それをあまりにも強調すると、どうも無理な点が出てくるんじゃないかと思うんです。そういう精神状態が彼の詩に深く関係あることは確かですが。

「岬」という詩はむしろ白秋の影響というものを考えなければならない気がします。白秋の『白金之独楽』という詩集の巻頭の「白金之独楽」という詩に、こういうことばが並んでいます。

感涙ナガレ、身ハ仏
独楽ハマハレリ、指尖ニ
輝ク指ハ天ヲ指シ
極マル独楽ハ、目ニ見エズ

「輝ク指ハ天ヲ指シ」というところが問題ですね。「極マル独楽ハ、目ニ見エズ」、動きがあまりにも極まった果てには独楽も見えなくなってしまった。これもやっぱり光のイメジですね。これは暮鳥の「岬」が発表される四カ月前に発表されているんです。白秋のこの詩を読んで暮鳥は感動したと思います。どこに感動したかといえば、「輝ク指ハ天ヲ指シ」に感動したんだと思うんです。こういうイメジというのは詩を書く人間にとっては強い意味を含んだイメジですね。現在われわれが書く場合でも――詩人というのはいろいろなタイプがありますけど、かなり大勢の人が共通して捉えるイメジというのがあって、典型的なイメジだということもありますが、「輝ク指ハ天ヲ指シ」というのは、ひとつの精神性を表わしている、その意味で普遍性がある。暮鳥はそういうところにうたれたんだと思います。それがああいう詩を彼の中から引き出したことも考えられる。

岬そのものが光っている。また、指が岬に一本立っているというイメジだけで、すでに心は満たされるものがあります。そこのところがたいせつなところです。詩の読みかたの基本的な面で、ことばが動詞か名詞かというところで全然意味が違ってきてしまう。名詞ととれば「岬の光」というのが灯台であるということにもなるし、灯台になってしまえば、「岬に立てる一本の指」という最後の行とうまく呼応するから、うまく解釈できる。しかしその解釈はどうも無理だろうとぼくは思います。

ことばというのは作者の作品をある程度読み込んでいくということと、そのことばが持っている文法的な意味も含めて、ことばのひとつひとつが持っている粒々をきちんと見わけるということが、たいへん大切なことだと思います。詩を書く側は、そういう粒々だけは、頭の中にあるイメジを正確に対応させ映し出していると思えるところまで、きちんと書いておく必要があると思います。そう書いたうえでも、なおかつ読む側ではいろんな読みかたをするものだからです。

II

#「てにをは」の詩学

現代芸術の中心と辺境（抄）

拡充と限定の間

芸術的行為が、究極においてつねに自己認識の一層明確な具象化に通じているというのも、この点（編注）と切りはなしては考えられないことである。美的価値の産出ということは、ある素材への働きかけを通じて、自分自身の自由な決定を不断に物質化し、それによって自分自身を時間的・空間的に拡充し、永続化することを意味している。そして、この場合、たとえば一定の長さの拍節ある言葉からなる詩、あるいは絵画、あるいはダンス、あるいは音楽等々のうちに自分自身を物質化するということは、一面からみれば、今書いたように、自分自身を時間的・空間的に拡充することであるのだが、他面からみれば、それはつねに自分自身を一定の素材によって限定することを意味している。この限定がなければ、自分自身の時空的拡充もない。素材の中へ自己を投げ入れ、あえて限定を受けることによって、かえって自己の拡充という報償が得られるのである。この矛盾の中に、おそらく芸術家が日常演じている最も内密なドラマがあるが、このドラマ自体にたえず内的視線を注ぎつづけるとき、芸術的行為と自己認識とはもはや別のものではなくなるであろう。

デッサンというものが（絵画、彫刻のみならず、詩でも舞踊でも俳優術でも作曲でも、あらゆる芸術的行為において）きわめて大切な意味をもっているというのも、このためである。デッサンとは、何ものか外部にあるものを正確に再現するためにあるものだろうか。そんなことはない。それはむしろ、内的なものに形を与え、限定し、固定させるものだ。内的なものとは、このように固定される瞬間まで、見えていなかった力であり、画家の筆の運動や、詩人の語の選択を通じて眼に見えるものとなるにいたった力である。つまり、デッサンは、外界の投影であるよりは、むしろ内面の露頂である。芸術家の自己認識は、このような手の動き、すなわち、内的なものを眼に見え、手に触知できるものとする手の動きの中に、覆いようもなくあらわになるのだ。

非常に感受性のいい青年というものは、決して少なくない。しかし、彼らのうち真に芸術家になりうるものは、決して多くはない。その理由は、感受性というものは手の、あるいはその他の筋肉の関与なしにも働きうるものであるのに対し、芸術というものは、肉体的行為をともなった自己限定の努力と切りはなすことができないものだからである。自己限定するということは、自分自身の「ことば」の体系をつくることだといってよい。自分自身のことばというものは、ただ単に感受性がいいだけでつくることができるものではないのである。

デッサンとは外界の投影であるよりは、むしろ内面の露頂だ、といったが、このことは、じっさいに鉛筆で紙の上に何ものかをうつしとろうとするときのことを考えれば、決して理解困難なことではないだろう。物体の輪郭には、それ固有の線などない。線は物体の側にはなくて、われわれの手にする鉛筆の尖端にしかないのである。線はわれわれ自身の内面にも実在してはいないのだ。われわれがある物体を注視し、その物体を線によってとらえようとすることは、じつは甚だしい抽象作用の介入を経ているのである。抽象能力に欠ける未開人は自分の顔を眼の前でスケッチされても、紙の上に描かれた線の形が自分の顔と同じものであるとは容易に理解できないという。物体の側にもなく、われわれ自身の内部にもない線というものが、にもかかわらず、手の下で生みだされ、ある形を囲いこみ、その形を無限定の空白の世界から独立させる。これがデッサンというものである。その線は、単なるいたずら描きの線である場合でさえ、一瞬一瞬にわれわれ自身の自由な決定によってそこに出現させられているのであって、決して外界の物体の直接の投影ではない。しかも、この線は、たとえば幾何学の定規でひいた線とは性質を異にしていて、みずからの周囲にヴォリュームや陰影まで吸いあげようとしている暗示的な線である。そのとき、線は、対象の物体をわれわれが「どのように」見たかを、その場でじかに示しているのである。デッサンが内面の露頂であるというのは、そういう理由からである。

対象を「どのように」見たか、ということが、一本の線の中に自己主張として明確に表現されるとき、その背景にはひとつの「ことば」の体系が横たわっているといわねばならない。それは、他のだれかれの「ことば」とは別の構造をもった、ただ一人の人間のことばの体系であるだろう。このことばの体系を駆使できるようになるためには、人はたえずデッサンをくりかえさなくてはならない。ことばは、どんな素材を通じてのそれであれ、発せられるときは意識によってあらかじめ全的に統御されてはおらず、むしろ意識に先んじて流露するものなので、人がことばを駆使するためには、それが筋肉の無意識でしかも正確な動きに匹敵するほどに、練習によって肉体に同化されていなければならないのである。

スタイルというものは、おそらくこのような習練の過程を経てしだいに顕在化してくる、ある個人の「ことば」の体系の特性を指している。それは真似られるものではない。真似ようとする人は、必然的に、真似をくりかえし、深める過程で、自分自身のスタイルをつくってしまうのである。なぜなら、たとえ人の真似であろうと、ある人のことばを真似るという行為は、あらゆるデッサンがそうであるように、純粋に内的な行為を誘い出し、内的なものに形を与えるという結果を生むからである。

デッサンは、こういうわけで、究極のところ、感動そのものの定着だというべきであろう。

しかし、すでに書いたように、線は外界にも内面にも線としては存在していないように、感動もまた、外界にも内面にも、感動として独立して存在するわけではない。感動は、それがデッサン（くりかえすが、ぼくはこの用語を、単に絵画の場合に限ってもちいているのではない）として出現したとき、同時に現実のものとなるのである。それは手やその他の筋肉の動きと同時に、その動きを通じて現実化されるものである。したがって、これを外界にある対象の側からみるなら、デッサンは多かれ少なかれ、すべて抽象的であり、抽象的でしかありえない。しかしそれは同時に、それ以外のどこにもないものである以上、この上なく具体的な現実なのである。

今日、芸術の現況について考えようとすると、われわれは必ずといっていいほど、その混沌たる様相に眼がくらんでしまう。それゆえにこそ、われわれはたえず、芸術的行為の根本をなす発語機構の具体的なはたらきにまで立ちかえって、事態を単純な行為的側面から見なおす必要があるだろう。

美における地すべり現象

実際、今日の芸術は、いわゆるメディアの拡大現象によって、じつに多様な衝撃を受けつつある。さしあたって美術と音楽が、はなばなしい変化を示しつつあるのは周知のとおりだ。美術家たちの最先端は、化学工業の産物を素材にして、われわれの美的感受性に一大変革をもたらそうと実験を重ねている。そのあるものはきわめて興味ある成果を示しているが、また他のあるものは、まったくの精力の浪費、作るのも見るのもともに時間の無駄という感じのものでしかない。そういう過渡期の駄作をも含めて、美術の概念の一角が、ジャーナリスティックな用語を借りれば、地すべり的な変化を起こしつつあることは、疑いようのない事実である。美術家たちが光の直接的な利用に強い関心を寄せているということは、こうした動きのもっている意味について、まじめに考えさせるものを含んでいるだろう。

古い時代の画家たちは、光をとらえるのに影に注目した。レンブラント光線なるものがあれほどにも魅惑的であったのは、ひとつにはそこで光が深々と影に包まれていたからであった。やがて印象派の画家たちが、光学の発達の余恵を受けて、光を正面切って光としてとらえようとするにいたった。そして、光のスペクトル分析にもとづく点描法が発明され、そこから色彩のあくなき純化というフォーヴィスム以後の二十世紀的狂熱が生まれた。そして今や、人々は絵具のような間接的手段はまだるっこしいとでもいうように、じかに光に手をつけたのである。光は影によって存在していた時代から、ついに影なしで自己主張する時代をむかえた。この場合、美術家たちは、光の二つの局面に強く惹かれているようにみえる。ひとつは、光が物質の不純で鈍重な抵抗をもたず、きわめて非物質的な純粋性をもっていること。このことは、近代美術を貫く熱狂的な純粋主義の一極致を体験させてくれるだろう。もう一つは、これと矛盾するようだが、光はその非物質性にもかかわらず、機械を通じて、ほとんど触知できるくらい正確に計量し、コントロールできること。このことは、技術と芸術との競争的共存という将来の見通しに、ひとつの具体的手がかりを与えてくれるだろう。

音楽の世界でも、変化はこれに劣らぬほどラディカルな形で生じつつある。電子音楽といえば、いったんテープにとった音響を、電気的に再生するというのがこれまでの常識だった。しかし、先ごろのクロストーク演奏会で一柳慧氏が演奏した自作は、舞台の上で実際に弦楽器が演奏している音を、その場で器械によって電気的に再生し、咆哮するすさまじい電子音楽の生《なま》演奏に変えてしまったものだった。音楽というにはあまりに強烈な音体験であって、もしその音体験そのものに、何か自分自身でもにわかに説明しかねるある新しい驚異といったものが感じとれなかったなら、とてもじっと坐って聴き入るわけにはいかない種類の衝撃的音楽なのだ。

たしかに芸術の辺境地帯は、今大きく揺れ動き、変化を起している。それはしかし、どこへ向かってなのであろうか。実は芸術家自身にさえ、よくわかってはいないというのが実際の状態ではなかろうか。現代芸術における「中心の喪失」という非難の声は、ますます強まるかもしれぬ。その点では、芸術は自然科学と同様の問題をかかえていて、それらはふたつながら、人間性の直面する深淵の縁にたっているのかもしれぬ。ウェルナー・ハイゼンベルクは一九六七年日本を訪れた時の講演「ゲーテの自然像と技術・自然科学の世界」(『朝日ジャーナル』、同年六月四日号・菊地栄一訳)で、「実験器具によって精錬され、言ってみれば自然から暴力によって抜きとられた個々の現象で始まるのではなくて、私たちの感覚に対して開かれた直接の自由な自然の出来ごと」からすべての自然理解、自然科学をはじめたゲーテについて語りながら、現代芸術のこのような状況にまで論を及ぼした。ハイゼンベルクによればゲーテがロマン派をしりぞけようとした理由は、ロマン派の中に、自然科学におけると同様の「悪霊の力」を感じたからだという。ゲーテは世界を直接の現実のうちに形成しようとつとめたが、ロマン派は自然な感覚の世界に安住することができず、人間の魂の深淵にまで手をのばし、これを芸術的に表現し、昂揚しようとした。それは自然科学がはてしない抽象化によって無際限の世界に歩み入ったのと同様にゲーテをたじろがせた。自然科学と同様、ロマン派にも悪霊の力が働いていて、そのために、「無際限、現実世界やその健全な規範からの絶縁、病的なものへ堕落する危険」がそこにつきまとっているのだとゲーテは考えた。ハイゼンベルクはこのようにのべたのち、ロマン派の生みだした歴史を現代までたどってみると、ゲーテの不安と抗議がいかに正しかったかがわかるといっている。「このごろしばしば嘆きのたねとされている芸術の領域における解体現象――このことは、技術における原子兵器の利用と同様のことです――そのような解体現象は、あの中心の喪失の結果とみられます」とこの量子力学の大学者はいうのである。

芸術における解体現象が科学の進歩とかなりの程度まで照応しあうことは事実としても、ハイゼンベルクがこれを原子兵器の利用と同一視しているのはいささか強引であろう。しかし、現在の芸術の解体現象が、ロマン派的世界観ないし芸術観の、ひとつの究極的な結論という様相を呈していることは認めねばなるまい。その上で、われわれははたしてゲーテのあの健やかに均整のとれた世界へ、すぐにも引返すことができるかどうか、もう一度考えてみる必要があろう。しかし、いずれにせよ事は簡単ではないだろう。すでに内臓のいたるところの秘密まであばきたてられてしまったにもかかわらず、なお決定的な治療法が見出せない不思議な病人が、すなわち現代の文明世界なのだ。芸術だけがここで健康の幻影を思い描いてみても、乗りこんでいる船の船長は、今や自然科学にほかならないのである。

　むしろこういうことを進んで認めるほかないだろう。つまり、現代世界の特質とは、「すべての人間、すべての立場が正当化しうるものでありながら、絶対に正しい人間はひとりもいない」ということである。あるいはこうもいえよう。無実なるがゆえに有罪であり、幸福なるがゆえに不幸であり、自由なるがゆえに束縛されているような人間こそ、現代のわれわれの代表的な人間のイメージであると。こうした背理は本来悲劇の舞台にふさわしいものだが、これがわれわれの現実の姿なのである。大規模で組織的な国家的規模の犯罪《クライム》が行なわれているのに、それが罪《シン》の意識と結びつくことのない世界が、現代世界なのである。

　芸術はこの亀裂に進んでみずからを位置せしめるほかないだろう。そこにこそ、逆説的だが、芸術が解体をまぬがれうる機会と場がある。自分自身の発語機構の具体的な働きの場にたちかえるということも、結局こういう場にたちかえるということであり、そこでみずからの「ことば」をつくりあげてゆくことにほかならないだろう。

（編注）「この点」とあるのはこの箇所の直前にある以下の文を受けている。――「われわれが芸術だとか美だとかいっているものも、その発生の根もとにかえって見るなら、すべて……ほとんど無意識に行なわれる価値の変換、超越の試みに帰着する。呪的行為とともにある願望は、まじないの終結と同時に解消され、あとかたもなく消滅してしまうだろう。だが、まじないを遂行する手段であった装飾品そのものが、対象として自覚され、独立した関心をひきつけるようになると同時に、人間は美的な価値の産出のために手を動かしはじめる。それはすでにまじないの終結とともに消滅してしまうものではなく、それ自体の魅力と真実さによって永続する、新しい価値である。」

（最初の二節は省略）

序にかえて――「うたげと孤心」まで

一九六一年春に私は『抒情の批判』（晶文社）という評論集を出した。「保田與重郎論」その他、主に昭和初年代の詩と詩人ならびに現代の短歌・俳句についての批評文を集めた本だったが、その本の副題は「日本的美意識の構造試論」というのだった。それはもともと書中の一篇「保田與重郎ノート」の副題だったものだが、本をまとめるにあたって、本全体の副題としてそのまま流用したのである。羊頭をかかげて狗肉を売るのそしりを受けることは承知の上で、あえてそうした。私自身の、むしろ願望というべき心情において、私はそこに収録された三好達治や菱山修三や立原道造についての詩人論、古典詩歌についての小アンソロジーの試み、同時代の短歌・俳句に関する小論集などが、「日本的美意識の構造」についての試論として読まれうるものでありたい、と考えていた。今振返ってみれば、身の程知らぬ看板をかかげたものだが、しかしそういう願望をいだいたについては、少なくとも私一個の気持として切実なものがあった。

私はそれより大分以前から、日本語でものを書くということ、とりわけ詩とよばれるものを書くということの困難さについて考えることがしばしばだった。言うまでもなくそこには、まず第一に私自身の能力のとぼしさという個人的事情があるにきまっていたが、それだけでなく、私たちが日夜どっぷりとつかっている日本語という言語そのものの中に、何かしら難しい問題がひそんでいるのではないかという疑念が、しばしば脳裡に去来して私を悩ませた。抒情詩に関していうなら、和歌の伝統の尖端に短歌があり、俳諧の伝統の尖端に俳句があって、それらはおそらく現代詩のとても及ばないほどの深さと鋭さと澄明さにおいて、日本語が生み出しうる抒情の精髄を表現できる詩形であると思われた。しかし、抒情という要素を排除することなしに、一層複雑な観念世界を詩の中できずきあげ、時には長大な詩篇をも堅固な言葉の建築物としてそそりたたせるというようなことが、私たちの日本語で可能なのかどうか、という問は、たえず、いわゆる現代詩人である私の前に立ちふさがるように思われた。

なぜそんな問に悩まされたのか。ひとつには、他愛ないことかもしれないが、西欧語による詩というものを、学生の時から読みかじることをおぼえたからである。ボードレールであれランボーであれ、ヴァレリーであれT・S・エリオットであれ、読者として熱心に読みふけるときの楽しみは、いざ自分が日本語で詩を書こうとして観念の肉化という問題に呻吟しはじめるやいなや、すべてそのままで悩ましい絶望感の源に転じるのだった。マラルメのような詩人にいたっては、悪夢とよぶほかないような作者だった。

今にいたってもなお、この問題は私の悩みのたねだが、ただ少しずつ困難さの実体だけは見えてきたような気がするという点が、四半世紀前とはさすがに違うような気がする。たとえば、過去一千年間に日本のすぐれた詩人たちが駆使してきた大和言葉は、いわゆる「てにをは」の絶妙な行使によって、詩歌の最も精彩ある、繊細をきわめた部分を生みだしたと言っていいが、この「てにをは」の重大性は、私が今言ったような点に関しては、別の意味で重大な問題を現代詩人につきつけているると私には考えられる。

このことを書くのは気が重い。日本語は「てにをは」なしには存在しない言語だからである。そして私自身、詩というものに惹きつけられたとき、「てにをは」の精妙な働きに対する感応を除いてそれが起こりえたとはとても考えられないからである。

この問題は、西欧語に訳された自分の詩を読むようなとき、ことに強く意識されることで、そういう経験を持つ詩人たちなら誰でも、多かれ少なかれそのときの不思議な感じを知っているはずである。そこにあるのは、確かに自分自身の詩の訳というものなのだが、日本語の原詩と並べてみると、まず例外なしに西欧語訳の方がきびきびした直進性をそなえている。「てにをは」の部分の繊細な表情はあらかた姿を隠し、代りに名詞や動詞の働きの比重が大きくなり、その分だけ詩の骨組み、構造が明確に印象づけられるようになっている。私は外国語に関してはほんの印象的なことしか言えないが、その印象を頼りに言えば右のようなことになる。

こうしたことは、知る人ぞ知るで、ある人々にとってはわざわざ口にするにも当らない常識であろう。しかし私の場合は、少しずつ自分の実感で確かめながら、憶測に憶測を重ねて知識とするほかにやりようがなかったので、今ごろになってようやくこの程度のことを口にしている有様となった。

しかし、こういうことが問題として私の中にわだかまりはじめたのは、先にも言ったように以前からのことで、『抒情の批判』に「日本的美意識の構造試論」という副題をつけずにはいられなかったのも、そこから来ていた。もし私が短歌あるいは俳句をみずからの詩形として選んでいたなら、あるいはこんな問題にたえずひそかに悩むようなことはなかったかもしれない。しかし、この選択は偶然のようにみえて、必ずしも偶然ではなかったので、私はいわゆる現代詩を書きはじめたときから、実はこういう問題そのものをも選んでいたことになる。かえりみて、そう言わざるを得ない。

もう一つの事情もあった。敗戦ののち、「日本的」とよばれるようなもの一切に対する、今では想像しがたいような拒否反応が広範囲にわたって生じた。当時私はまだ少年期だったが、その風潮の影響を明らかに受けていると思う。その一方で、家庭の環境の中には短歌の影が濃く落ちていて、私が最初ごく自然に採用した詩形も、短歌であった。旧制高校に入ってからは、『万葉集』や『新古今集』は万年ベッドのわきの机に常に置かれるものとなっていて、かたわら窪田空穂による和泉式部の歌の鑑賞とか、能勢朝次の『幽玄論』、風巻景次郎の『中世和歌の伝統』のような本に多大の刺戟を受けてもいた。しかし、火がついたように次から次へと紹介される西欧の新しい文学思想に、目移りし、煽りたてられ、また習いおぼえたおぼつかない外国語で『悪の華』やら『荒地』やらを読みかじることは、当時の一般的風潮の中では一向に珍らしくもない文学青年の常套だったし、私もまた、映画館を出てしばらくの間は映画の主役と同じ歩き方、同じ口のきき方になっているつもりの少年のように、ボードレールもエリオットも垣根なしの隣家の住人のように思いなしていたように思う。

けれども、何度も彼らのあとを追おうとする空しい足掻きを試みたのち、にがい自己確認の時がやってくる。あの人たちと同じことをやろうったって、そいつは無理だ。思想の成りたちも違えば、生活様式が根本的に違う。そして言葉が、決定的に違う。お前がもし『荒地』を書くのなら、それはエリオット氏の『荒地』とはまるで異質のものでなければなるまい。要するに、お前はお前だ。

こういうことが納得できるまでに、たぶん何年も何年もの歳月が必要だった。頭で考えれば一瞬に理解できることが、詩を書くという手探りに満ちた夜道の旅をしていると、何年たってもなかなか納得できないのだ。野心や自己過信や欲が、その歳月を埋めている。

その試行のすべてが虚妄だったなどとは考えない。ただ、いかにもこれが人間というものの生の歩みなんだな、という気がする。

そういう経過の中で、自然な成行きとして、「日本的美意識の構造とは何か」という、何とも茫漠たる主題が私の中に棲みついていた。ふたたび言うが、私が現代詩という詩形を選んでいなかったなら、こんな主題にぶつかることもあるいはなかったかもしれない。もちろん、この主題は多くの人々が、さまざまな領域で、独自の問題のたて方を通じて追求しているものであって、その意味では少しも目新しいものではない。ただ私は私自身の問題として考えてゆくほかないので、自分が詩を書きながら胸につかえる感じで感じていたことを、自分のやり方で少しずつ問題化してみる以外に道がなかった。

当然、かつてはむしろないがしろにしていた古典詩歌の森の中へ分け入らねばならなくなった。私は学生時代にろくに国文科の授業に出ようとしなかったことを少々は悔みながら、自己流の読み方で古典を読みはじめた。その際、日本の古典詩歌の胎んでいる諸要素を問題化する上で、現代の詩や文学、また諸芸術について考えることが、少なくとも私にとっては一層必要なことになった。

そういう意味では、私の古典詩歌論は、現代の詩の行方を見定めるためにまず反対の方向へむかって走ってみるという、意識的に迂回路をとった批評であるということになるだろう。私が古典について書くようになると、親しい友人たちをも含めて何人かの人から、あれは日本回帰ではないのか、といわれた。この言葉は、言うまでもなく香ばしからざる徴候という意味で用いられている。そう言われるたびに私は一種の困惑を感じた。困惑の理由は、私の動機が右に書いたようなところにあったからで、「回帰」という言葉はそのさい私の辞書にはなかったからである。

「日本詩人選」(筑摩書房)の一冊として『紀貫之』を書いたことは、私自身にとっては大きな意味をもっていた。『古今集』の編纂の中心だった貫之は、『古今集』というものを通じて、彼自身夢にも想像できなかったような重大な影響をその後の日本人の生活に及ぼした。私は貫之論を実際に書くまで、そのことについては漠然たる認識しか持っていなかったのである。貫之について書いたことが、この『うたげと孤心』の主題をも私の中で明確にさせた。そのことについては、第一章「歌と物語と批評」の冒頭で書いているから、ここではふれない。

「うたげ」という言葉は、掌を拍上《うちあ》げること、酒宴の際に手をたたくことだと辞書は言う。笑いの共有。心の感合。二人以上の人々が団欒して生みだすものが「うたげ」である。私はこの言葉を、酒宴の場から文芸創造の場へ移して、日本文学の中に認められる独特な詩歌制作のあり方、批評のあり方について考えてみようと思った。

勅撰漢詩集・勅撰和歌集のような、祝賀という動機を根本にもっている詞華集の編纂が、日本においてのように長期間にわたって行なわれ、しかもその成果が、『古今集』あるいは『新古今集』

に代表されるように、それぞれの時代の文学的表現の頂点をなし、かつまた後代にも深い影響を及ぼしたというような例は、たぶんほかの国ではほとんど見出せない独特の現象ではなかろうか。歌合《うたあわせ》のようなものが、やはり数百年にわたって、断続的にではあれ、詩歌の制作および批評の最も権威ある場として維持されたことについても同じことがいえる。そして連歌、俳諧の連歌（連句）。

人々の美意識の根幹をなす詩歌の場でこういう「うたげ」の原理が強力に働いたということは、必然的に生活の他の領域にまでその影響が及ぶことを意味していた。平安朝の室内調度品である屏風を装飾するために、絵と和歌との間に「うたげ」が生じなければならなかった。その屏風を見ながら、ある人々はまた和歌を作り、ある人々は、屏風のある室内情景を絵巻に描いた。趣味の高さを競うさまざまの遊び――絵合、物合、草花合、貝合等々――も、同じ場から生い出て、「生活の芸術化」という無際限な要請を満たすべきものとなっていった。この種の生活の芸術化という要請は、常に和歌を伴侶としていたが、和歌の側からすれば、これは「和歌の実用化」、「芸術の生活化」というものにほかならなかった。

つまり、日本の古典詩歌の世界では、文芸は文芸、生活は生活という二元論でなく、文芸は生活、生活は文芸という一元論が、久しく原則をなしていたということができるのではないか。私は『古今集』や紀貫之について考えているうちに、この問題に突当った。この地点に立って見まわしてみると、文学、芸術、芸能その他の多様な現象が、この視野の中でならすっぽりおさまり、互いに照らし合いさえすることに気づいたのだった。

なぜ日本では茶道、書道、華道、香道などの芸道が、古い時代から現代にいたるまで、かくも多くの人々を組織的に惹きつけることができたのか。

なぜ日本では短歌、俳句を作るのに「結社」というものがあり、弟子の作品を師匠が添削修正するという習慣が長年続いてきて不思議とされないでいるのか。

そういう事柄についても、今のべたことはどうやら深い関りを持っていると思われた。同人誌というものがこれほど多い国もあまりないと思われるが、これもまた、源をたぐってゆけば、歌合や連歌・俳諧を好んで興行した往昔の人々の寄合いにまで達するのではないか。

けれども、事はそれだけで終るものではない。みんなで仲良く手をうちあっているうちにすばらしい作品が続々と誕生するなら、こんなに気楽な話はない。事実はどうか。日本詩歌史上に傑作を残してきた人々の仕事を検討してみると、そこには「うたげ」の要素と緊密に結びついて、もう一つの相反する要素が、必ず見出されるということに私は気づいた。すなわち「孤心」。

孤心のない人にはいい作品は作れないということは、近代文学についてのみならず、古典文学についても言いうることだった。しかし、その場合、詩人は単に孤心をとぎ澄まし深めるだけで第一級の作品を生むことができるわけではない、というのが、少なくとも日本の古典詩歌創造の場での、鉄則のごときものであるように、私には観察された。

その点についての私の観察集が、以下の本書の内容をなすわけだが、あらかじめ本文の中から一個所だけ、この点に関連する部分を引いておきたいと思う。

今こうして書きついでいる「うたげと孤心」という文章は、大方はゆくえ定めぬ古典世界の彷徨にほかならないが、ただ私は、日本の詩歌あるいはひろく文芸全般、さらには諸芸道にいたるまで、何らかのいちじるしい盛り上りを見せている時代や作品に眼をこらしてみると、そこには必ずある種の「合わす」原理が強く働いていると思われることに、強く興味をそそられているのである。これを方法論についていえば、懸詞や縁語のような単純な要素から本歌どりまで、また短連歌から長大な連歌、俳諧まで、あるいは謡曲の詞章にその好例を見ることのできる佳句名文の綴れ織りスタイルのごときにいたるまで、一様に「合わす」原理の強力な働きを示すものだといわねばならないし、これを制作の場についていえば、協調と競争の両面性をもった円居《まとい》、宴《うたげ》の場での「合わせ」というものが、「歌合」において典型的にみられるような形で、古代から現代にいたるまで、われわれの文芸意識をたえず支配してきたということを考えずにはいられないのである。短詩型文学における「結社」組織をはじめ、おびただしい「同人雑誌」の存在は、「結」とか「同」といった言葉に端的にみられるように、「合わす」原理の脈々たる持続と健在ぶりを示しているといわねばなるまい。

けれども、もちろんただそれだけで作品を生むことができるのだったら、こんなに楽な話はない。現実には、「合わす」ための場のまっただ中で、いやおうなしに「孤心」に還らざるを得ないことを痛切に自覚し、それを徹して行った人間だけが、瞠目すべき作品をつくった。しかも、不思議なことに、「孤心」だけにとじこもってゆくと、作品はやはり色褪せた。「合わす」意志と「孤心に還る」意志との間に、戦闘的な緊張、そして牽引力が働いているかぎりにおいて、作品は稀有の輝きを発した。私にはどうもそのように見える。見失ってはならないのは、その緊張、牽引の最高に高まっている局面であって、伝統の墨守でもなければ個性の強調でもない。単なる「伝統」にも単なる「個性」にも、さしたる意味はない。けれども両者の相撃つ波がしらの部分は、常に注視と緊張と昂奮をよびおこす。（「帝王と遊君」）

『うたげと孤心』という本で私がたどろうとしている筋道の基本は、およそ右のようなところにある。心ある読者は、私がこの「序にかえて」のはじめの方で、自分が現代詩という詩形を選んだという事実に少々しつこくこだわったのを思い起こして下さるだろう。右の引用でもその含みをもって語っているが、古典詩歌の問題はまた現代の詩の問題であるというのが、私の、自分一個ではしごく当然としている事柄なのである。ただこのことは、どうやら私の一人合点に近いことのようでもあるのを、過去のいくつもの経験によって思い知らされていて、その点をも考慮して新たにこの小文を綴り巻頭におくことにしたのである。

われは聖代の狂生ぞ

日本語の「ことば」（詞・辞・言葉）という語の語源は「コト（言）」「ハ（端）」だった、という。岩波『古語辞典』の「ことば」の項に次の説明がある。

《語源はコト（言）ハ（端）。コト（言）のすべてではなく、ほんの端（はし）にすぎないもの。つまり口先だけの表現の意が古い用法。ところがコト（言・事）という語が単独では「事」を意味するように片寄って行くにつれ、コトに代ってコトバが口頭語の意を現わすに至り、平安時代以後、「詞」「辞」「句」などの漢字の訓にもあてられて、一般化した。その意味は、歌のような詠誦をしない普通の口頭語、口語、口上、発音、口をきくことなどと展開し、「心」の表現形式としての言語の意味にも使われ、語句、文言の意を表わすようになった。》

「ことば」は元来が「コト」のハシクレにすぎなかったものだというこの説明は、同辞典の編者大野晋、佐竹昭広、前田金五郎三氏のうち大野氏の執筆にかかるものだろうが、この語源の説にはじめて接したときはかなり驚いた。日ごろ「ことば」「ことば」と気にしている当の相手が、急に肩をすぼめて哀れげにみえるような錯覚が一瞬心をよぎった。けれども、驚きが去ってしばらくすると、私のうちにむくむくとある種の好奇心が湧きあがり、日本語におけるテニヲハの重要性についての夢想に、あらためて私をひきずりこんだのである。

しかし、それを言う前に、「ハシ」ならぬ本体の「コト」についての辞典の説明をも見ておこう。「こと（言・事）」について、右の辞典は次のように説いている。

《古代社会では口に出したコト（言）は、そのままコト（事実・事柄）を意味したし、また、コト（出来事・行為）は、そのままコト（言）として表現されると信じられていた。それで、言と事とは未分化で、両方ともコトという一つの単語で把握された。従って奈良・平安時代のコトの中にも、言の意か事の意か、よく区別できないものがある。しかし、言と事とが観念の中で次第に分離される奈良時代以後に至ると、コト（言）はコトバ・コトノハといわれることが多くなり、コト（事）と別になった。コト（事）は、人と人、人と物とのかかわり合いによって、時間的に展開・進行する出来事、事件などをいう。時間的に不変の存在をモノという。後世コトとモノとは、形式的に使われるようになって混同する場合も生じて来た。》

「言」と「事」がぴったりくっついて離れることのなかった時代のことは、今日のわれわれには甚だ想像しにくい。しかしその痕跡を示す歌の例をあげることはできる。

あはれてふことだになくばなにをかは恋のみだれのつかねをにせむ　　読人しらず

『古今和歌集』の巻十一、恋歌一にのっている数多くの読人しらずの歌の一つである。この歌の「あはれてふこと」が、「あはれ、という言葉」なのか、「あはれという事」なのかは、にわかに決めがたい。平仮名の表記ゆえにその問題が生じるが、岩波文庫版の『古今和歌集』が底本としている嘉禄本ではこれを「あはれてふ事」としるしていて、「事」とする立場に立っていることは明白である。しかし、岩波古典文学大系版をはじめとして多くの本では、「こと」と表記しており、その解釈も、「あはれてふこと」は「『あはれ』ということば」であり、「ああ」(あはれ)という嘆息のことばを口に出すので、どうやら心がおさまっているのだ、という風に歌のこころを解している(佐伯梅友氏、古典文学大系本頭注参照)。

たしかに、この歌について言えば、「『あはれ』、という一語すらなかったなら、一体何をもって、乱れに乱れるこの恋心を束《つか》ね緒で束ねておくことができるだろうか。私の乱れた心は、今ではもう、わずかにこの深い嘆きの吐息によってのみ、かろうじて正気を保っているにすぎない」という風に解するのが妥当なように思われる。

けれども、次のような場合もある。

ある所にて、簾の前に彼れ是れ物語し侍りけるを聞きて、内より女の声にて「あやしく物のあはれ知り顔なる翁かな」と云ふを聞きて　貫之

あはれてふことにしるしはなけれどもいはではえこそあらぬものなれ

『後撰和歌集』巻十八、雑歌四におさめられている紀貫之の歌である。「もののあはれ」という言葉が詩歌の世界に記録されはじめて最も早い時期の一例としても注目していい作だと思われる。さ

てこの歌、私は全文を平仮名で引いたが、本によって、「あはれてふ言」としているものもあり、平仮名で「こと」としているものもある。「しるし」という語も、「印」だったり「験」だったり、平仮名のままだったりする。「しるし」は要するに効験という意味だろう。それはいいとして、「あはれてふこと」の「こと」は、「言」だろうか、「事」だろうか。御簾の中にいて声をかけてきた女性の、「ずいぶんもののあはれに通じていらっしゃりげなご老人ですこと」という言葉との関連で言えば、ここの「こと」は、むしろ「事」一般と解した方がよさそうにも思われる。けれどもまた、この詞書を一応はずして歌を眺めれば、「言」と解してこそ歌の具象的な力は増すということができる。歌の方には、「もののあはれ」という認識の言葉でなく、「あはれ」という嘆息の言葉しか出てこないから、一読して、「事」よりも「言」の方がしっくりくると感じられるのである。

貫之自身はどう考えて作ったのだろう。私の勝手な想像では、彼は「こと」に、「言」と「事」の二重の意味をこめているように思われる。「『あはれ』と嘆いてみたとて、何の効果もありはしないのですよ。それでも人間はこの言葉を口にせずにはいられないのです」というのが、この歌のまず語っている思想だが、同時に、御簾の中の、まだ若くてたぶん高位の女性に対する答として、「もののあはれなどということは、体得してみても格別役に立つというものではないのです。でも、人たるものは、これについて折々は語らずにはいられないのですよ」と、「翁」たる立場でさとしている気味合いが、その背後に感じられる。

「言」と「事」は別ものではないのである。実をいえば、『古今和歌集』には「あはれてふこと」という語で始まる歌が、さきに引いた読人しらずを含めて四首ある。

卯月にさける桜を見てよめる　　紀としさだ

あはれてふことをあまたにやらじとや春におくれてひとり咲くらむ（巻三、夏歌）

題しらず　　小野小町

あはれてふことこそうたて世の中を思ひはなれぬほだしなりけれ（巻十八、雑歌下）

よみ人しらず

あはれてふ言の葉ごとにおくつゆは昔をこふる涙なりけり（同右）

紀利貞の歌は、季節に遅れて咲いた桜を見て、おや、この桜め、「あはれ」という賞め言葉を他の桜どもにはやるまいというので、今ごろになってひとり咲いたのか、といっているのである。「こと」は「言」だ。三首目の読人しらずももちろんそうである。しかし二首目の小町の歌では、「こと」は「言」と「事」の両方の上にかかってゆらめいている。

貫之はもとより古今集の撰者としてこれらの歌を熟知していた。「あはれてふこと」という一種気取った言い方に、いわば勅撰和歌集の権威をもって市民権を与えた張本人が貫之であったとさえいえる。この人は、他人の作った歌でこれはと思えるものがあると、強大な記憶力によってそれらを脳中にたくわえ、自家のものとしてしまう能力にどうやら大いに恵まれていた人らしいので、簾の中の女性に対する咄嗟の間の返事に、この言い方を用いた歌が口を突いて出たのも当然だったのかもしれない。彼の家集には、「あはれてふことにあかねば世の中を涙にうかぶわが身なりけり」

などの歌もあるのだ。

いずれにしても、日本語において「言」と「事」が截然と区別しがたい状態で、「こと」という語の中に同衾していた時代が久しかったことはたしかである。「言霊」はまた「事霊」でもあった。

それゆえ、たとえ「ことば」の原義が「言」の「端」という意味だったにしても、その「端」さえもがなおかつ「事」としての重さをそれ自体において十分に持つということが、日本語の不思議な特性として生じたのであったろうか。私はやや詭弁に類することを言っているかもしれない。しかし、私たちは古来の日本の詩人たちが、誰彼の区別なく、「てにをは」の死活的重要性を強調してきた事実を知っている。歌論も俳論も、歌合の判詞も、その例証に事欠かない。ところで、「てにをは」とはいったい何のことか。助詞のことにほかならない。広義にとっても、助動詞や動詞語尾、接頭語・接尾語といった付属語の総称である。「言」の「端」という呼名がこれほどふさわしいものもなかろう。しかるに、この、それ自体では自立もできない付属語が、一篇の詩を生かしも し、殺しもするというのが、日本の詩歌の生理にほかならなかった。

『去来抄』に次の一節がある。

凩《こがらし》に二日の月のふきちるか　荷兮《かけい》
凩の地にもおとさぬしぐれ哉　去来

去来曰、二日の月といひ、吹ちるかと働たるあたり、予が句に遙か勝れりと覚ゆ。先師曰、兮が句は二日の月といふ物にて作せり。其名目をのぞけばさせる事なし。汝が句ハ何を以て作したるとも見えず。全体の好句也。たゞ地迄とかぎりたる迄の字いやしとて、直したまひけり。初は地迄おとさぬ也。

「凩の地迄おとさぬしぐれ哉」と「凩の地にもおとさぬしぐれ哉」と、二つの案を並べた場合、後者が前者にまさること数倍ということは、少しでも日本語の語感に注意を払おうとする人ならたちどころに納得できることである。「地迄」といえば、「おとさぬ」とはいっているものの、しぐれは地面まで落ちてしまう重たさを感じさせるのだ。「地にも」なら、空から降るものは地面に達する前にたしかに反転して消えてゆく。こちらのしぐれなら、じつに軽く凩に運ばれてしまうのが感じられるのである。

『去来抄』の別の一節にいう。

鶯の舌に乗てや花の露　　半残

去来曰、乗スるやといハゞ風情あらじ。乗けりと謂ハゞ句なるまじ。てやの一字千金。半残ハ実に手だれ也。丈艸曰、てやといへるあたり、上手のこま廻しを見るがごとし。

「てにをは」こそ肝要と芭蕉は弟子たちにたえず言い、弟子たちもまた、右のような相互批評を不断に行っていた。

つまり、元来が「言」の「端」だったとされる「ことば」のうちでも最もささやかな部分である「てにをは」こそが、詩歌の生命線にほかならないというのが、日本の詩人たちの共通の認識だったのである。

芭蕉の語録には、次の有名なものもある。『あかさうし』の一節——

> 師の曰、乾坤の変は風雅のたね也といへり。静なるものは不変の姿也。動るものは変也。時としてとめざればとゞまらず。止るといふは見とめ聞とむる也。飛花落葉の散乱るも、その中にして見とめ聞とめざれば、おさまることなし。その活たる物だに消て跡なし。
> 又、句作りに師の詞有。物の見へ《(ママ)》たるひかり、いまだ心にきえざる中にいひとむべし。

これを先の去来の句や半残の句の例にあてはめて言えば、「凩の地迄おとさぬ」を「地にも」と直し、また「鶯の舌に乗するや」とは言わずに「舌に乗てや」と言うとき、それぞれのてにをはの部分において、飛花落葉は一瞬ぴたりと見とめ聞とめられ、「物の見えたるひかり」が言いとめられているということであった。というのも、「てにをは」こそ、日本語の総体の中で最も敏感に、事や物の変容、すなわち乾坤の変の微妙な細部を写しとることのできる部分にほかならないからである。

つまり、日本語においては、「言」の「端」においてこそ、霊妙な「ことば」の命が結晶して乾坤の変化とともにうちふるえる姿が最も鮮やかに見てとられるというのが、「てにをは」の肝要な所以を説いた詩人たちの考えだったのである。それはまさに、「乾坤」というものを、「変」の姿においてとらえることをもって風雅の要諦とする思想に通じていた。

古歌また新詩のあれこれをとらえて鑑賞しようとする文章の冒頭に、いささか理窟っぽい話題をくりひろげたが、これには理由がないわけではなかった。

「日本的抒情」というような言い方がある。人も言うし、私もたぶん今までに何度もこの言葉を書きしるしたことがあったろう。和歌とか俳諧をもって、その独自の表現形態とするということも、大方の意見の一致するところである。

しかし、「日本的抒情」の「日本的」なるゆえんはどういうところにあるのだろう。もとよりこれは大問題だ。気楽に扱うには重すぎる話題である。けれども、あえて気楽を装って、無知蒙昧な暴論を吐くことも、時には精神衛生にとってよろしいことがある。私は何の証明手段もなしに暴論を吐くが、日本的抒情なるものは、この火山列島に住む日本人の民族的体質からにじみ出るいわく言い難いエッセンスなどというものではなく、実は日本語というものが日本民族にいやおうなしに強いる表現上のある種の特性にすぎないのではなかろうか。

もちろん、われわれが日本民族であるということは、最初から日本語を話すという事実と切離すことができないから、右のような設問は無意味だともいえるかもしれない。しかし、具体的な例について見てみれば、私の言わんとするところももう少しはっきりするだろう。

近江朝似降八十数年間の日本漢詩を集めて成った『懐風藻』（七五一）の中に、従三位兵部卿《ひょうぶのかみ》兼左右京大夫《さゆうのきょうだいぶ》藤原朝臣万里《まろ》（藤原不比等の第四子）の作が数首収められている。そのなかに「五言。暮春弟《おと》が園池にして置酒す。一首。あはせて序」という作がある。その「序」を引く。（岩波古典文学大系、小島憲之氏の校注、訓読に従う）

僕《われ》は聖代の狂生《きょうせい》ぞ。直《ただ》に風月を以《も》ちて情《こころ》と為《な》し、魚鳥を翫《もてあそびもの》と為す。名を貪《むさぼ》り利を狗《もと》むることは、未《いま》だ冲襟《ちゅうきん》に適《かな》はず。酒に対《む》かひて当《まさ》に歌ふべきことは、是れ私願《しぐわん》に諧《かな》ふ。良節の已《すで》に暮るるに乗りて、昆弟《こんてい》の芳筵《ほうえん》を尋《たづ》ぬ。一《ある》は曲《うた》ひ一は盃《さけの》み、歓情を此の地《ところ》に尽くし、或は吟《うそぶ》き或は詠《うた》ひ、逸気《いつき》を高き天《そら》に縦《ほしきまま》にす。千歳《せんざい》の間、嵆康《けいかう》は我が友。一酔の飲《いん》、伯倫《はくりん》は吾が師。軒冕《けんべん》の身を栄えしむることを慮《おもひはか》らず、徒《ただ》に泉石の性《さが》を楽しばしむることを知るのみ。是《ここ》に、絃歌迭《げんかたがひ》に奏《かな》で、蘭蕙同《らんけいとも》に欣ぶ。宇宙荒茫、烟霞蕩《えんかたゆた》ひて目に満つ。園池照灼《せうしゃく》、桃李《たうり》笑まひて蹊《こみち》を成す。既にして、日落ち庭清く、樽《そん》を傾け人酔ふ。陶然老《おい》の将《まさ》に至らむとすることを知らず。夫《そ》れ高きに登りて能く賦することは、即ち是れ大夫の才《かど》なり。物を体《かたど》り情《こころ》に縁《よ》ることは、豈《あ》に今日《けふのひ》の事に非じか。宜しく四韻《しゐん》を裁《つく》りて、各所懐《おのがじしおもひ》を述ぶべき云爾《ぞ》。

この詩に仮りに訳をつければ次のようになろうか。

私は聖なる大御代の狂人、
ひたすら風流にふけり、魚鳥に親しむ。
名誉をむさぼり、利を追うことは、こだわりないわが胸中にふさわしからず、
酒を前に歌うことなら、願ったり適ったりだ。

晩春のうららかな日に誘われて、兄弟の美わしい宴にのぞんだ。
音曲をかなで、酒盃を傾け、歓びの情を園池に尽くし、
あるいは嘯き、あるいは声長く歌い、
世俗を脱した快活の気を空高く放ちやる。
千年の歳月を経ても、嵇康《けいかう》はわが友。
ひたすら飲んで酔うには、かの伯倫《はくりん》あってわが師となる。
栄達は眼中になく、ただ泉や石が心にかなうを知るばかり。

宴の席は弦と歌と相奏で、蘭や蕙《けい》の芳草のごとき兄弟の情を祝いよろこぶ。
宇宙は茫洋と広く、煙霞はたなびき目に満ち溢れる。
園池は照り映え、桃李花咲き、その下におのずから蹊《こみち》を生む。
すでにして日は沈み、庭は清らか。樽傾けて人は酔う。

陶然として、老境に入る身を忘れる。

さて諸君、高所に登って詩を賦することは、大夫《ますらお》の本懐、
物を活写し、情《こころ》をつくす、これこそ今日の宴にふさわしいことではないか。
よろしく四韻八句の詩を作り、おのがじし所懐を述べよう。

この序に続いて次の詩がある。

城市元より好《よしび》無く、林園賞《め》づるに余《あまり》有り。
琴を弾《ひ》く仲散《ちゅうさん》が地《ところ》、筆《ふみて》を下《おろ》す伯英《はくえい》が書《ふみ》。
天霽《あめは》れて雲衣《うんい》落ち、池明らかにして桃錦《たうぎん》舒《ひら》く。
言を寄す礼法の士に、我が麤疎《そそ》あることを知れと。

都会〔奈良〕はもとより俗塵まみれ、
この林園こそ賞でて余りあるものだ。
琴を弾ずればあたかも嵇康《けいかう》の琴と響き、
詩筆を揮えばあたかも伯英が書くかのようだ。
空は晴れ、雲は去り、

園池明るく、桃は錦さながらに咲く。
礼儀作法の守り手諸君に申しあげるが、
私は礼にならわぬ者、疎漏の点はお許しあれよ。

さて、このような詩文のかたわらに、さよう、同じく酒をうたっている因縁によって、『万葉集』からあの有名な大伴旅人の「酒を讃むる歌」十三首を引いてみようか。旅人もまた『懐風藻』に一首の漢詩をとられている同時代人だったのだが——

験《しるし》なき物を思はずは一杯《ひとつき》の濁れる酒を飲むべくあるらし

酒の名を聖《ひじり》と負《おほ》せし古《いにしへ》の大き聖の言のよろしさ

古の七《なな》の賢《さか》しき人どもも欲りせしものは酒にしあるらし

賢《さか》しみと物いふよりは酒飲みて酔泣《ゑひなき》するしまさりたるらし

言はむ為便《すべ》せむ為便《すべ》知らず極《きはま》りて貴きものは酒にしあるらし

なかなかに人とあらずは酒壺《さかつぼ》に成りにてしかも酒に染みなむ
あな醜賢《みにくさか》しらをすと酒飲まぬ人をよく見れば猿にかも似る
価無《あたひな》き宝といふとも一杯《ひとつき》の濁れる酒にあに益《ま》さめやも
夜光る玉といふとも酒飲みて情《こころ》をやるにあに若《し》かめやも
世のなかの遊びの道にすずしくは酔泣《ゑひなき》するにあるべかるらし
今《こ》の世にし楽しくあらば来む世には虫に鳥にもわれはなりなむ
生者《いけるもの》つひにも死ぬるものにあれば今《こ》の世なる間《ま》は楽しくをあらな
黙然《もだ》をりて賢《さか》しらするは酒飲みて酔泣《ゑひなき》するになほ若《し》かずけり

藤原万里《まろ》（麻呂）の詩文とこれとを並べてみるとき、ある種のショックに似たものを感じずにはいられない。同じ時代に生きていたこの二人の貴族が、同じ飲酒饗宴の主題をうたって、これほどに肌合いの違った作を生んでしまっていることに対してである。

もとより当時のこれら官人たちは、漢詩文を綴るのに決して易々とそれをなしとげ得たわけではなかった。その詩文が大陸の模倣に汲々としていたことは言うまでもない。にもかかわらず、「僕《われ》は聖代の狂生《きょうせい》ぞ。直《ただ》に風月を以《も》ちて情《こころ》と為《な》し、魚鳥を翫《もてあそびもの》と為す。名を貪《むさぼ》り利《かが》を狥《もと》むることは、未《いま》だ冲襟《ちゅうきん》に適《かな》はず。酒に対《む》かひて当《まさ》に歌ふべきことは、是れ私願《しぐわん》に諧《かな》ふ。」という風に書かれるとき、それらの文字ははじめから明確な思想と明確な印象を刻みつつ、前へ前へと進行してゆく。たゆたったり、思いにふけったりする気配はない。漢文では「てにをは」にあたる語がほとんどなく、そのため、詩句の進行にも、「てにをは」によるぼかしの効果やひねりの効果のようなものがないこともこの印象を大いに強めているのである。ところが、旅人の歌を見れば明らかなように、和歌というものは、あらためて思う、何と「てにをは」の働く部分が多いものだろうか。それは「てにをは」のさざ波のまにまに、たゆたい揺れつつ進行する。情緒の微動がたえず増幅され、一首一首の歌を読み進む者の印象は小刻みに変形しつつ、全体としてある種の感情的な塊りを形成してゆくのである。

日本的抒情というものの成立ち方は、こんな角度から眺めると、まったくもって、日本語の特性から切離し得ないもののように見えるのである。

従二位大納言大伴宿禰旅人の『懐風藻』にとられている詩を次にあげる。大意は省く。「五言。初春宴に侍す。一首」という題である。これを旅人自身の数多くの和歌と並べて見れば、表現にあたって人が用いる「器」のちがいによる「詩情」のちがいについて、あらためて思わずにはいられない。

寛政の情《こころ》既に遠く、迪古《てきこ》の道惟《こ》れ新《あらた》し。
穆々《ぼくぼく》四門《しもん》の客《まらひと》、済々《せいせい》三徳の人。
梅雪残岸《ばいせつざんがん》に乱れ、煙霞早春に接《つらら》く。
共に遊ぶ聖主の沢《たく》、同《とも》に賀《ほ》く撃壌《げきじやう》の仁《じん》。

一方、藤原麻呂は麻呂で、『万葉集』に数首の歌を録されている。しかもそれは、旅人の異母妹、万葉女流歌人中の出色の人、大伴坂上郎女《さかのうえのいらつめ》との相聞歌である。万葉巻四、相聞。

京職藤原大夫、大伴郎女に贈る歌三首

をとめ等が珠篋《たまくしげ》なる玉櫛《たまくし》の神さびけむも妹に逢はずあれば

よく渡る人は年にもありとふを何時の間にそもわが恋ひにける

むしぶすま柔《なご》やが下《した》に臥《ふ》せれども妹とし寝《ね》ねば肌し寒しも

大伴郎女の和《こた》ふる歌四首

佐保河の小石ふみ渡りぬばたまの黒馬《くろま》の来《く》る夜は年にもあらぬか

千鳥鳴く佐保の河瀬のさざれ波止む時も無しわが恋ふらくは

来《こ》むといふも来ぬ時あるを来じといふを来むとは待たじ来じといふものを

千鳥鳴く佐保の河門《かはと》の瀬を広み打《うち》橋渡す汝《な》が来《く》とおもへば

率直な恋の歌の贈答である。大伴坂上郎女は、はじめ天武天皇の皇子穂積の皇子の寵愛を得、皇子の薨去後、不比等第四子の麻呂と右のような夫婦関係を結び、さらにその後、異母兄の宿奈《すくな》麻呂に嫁して、のち家持に嫁すことになる大嬢《おおいらつめ》および二嬢《おといらつめ》を生んだ。『万葉集』には、他にも、藤原麻呂の作かもしれないとされている歌が七首あって、それらはなかなかいいものである。巻七、雑歌。

黒牛《くろうし》の海紅《くれなゐ》にほふももしきの大宮人し漁《あさり》すらしも

和歌の浦に白波立ちて沖つ風寒き暮《ゆふべ》は倭《やまと》し思ほゆ

妹がため玉を拾《ひり》ふと紀の国の由良《ゆら》のみ崎にこの日暮しつ
わが舟の楫《かぢ》はな引きそ倭より恋ひ来《こ》し心いまだ飽かなくに
玉津島見れども飽かずいかにして包み持ち行かむ見ぬ人のため
紀の国の雑賀《さひか》の浦に出で見れば海人《あま》の燈火《ともしび》波の間ゆ見ゆ
麻衣《ごろも》着《け》ればなつかし紀の国の妹背《いもせ》の山に麻蒔《ま》く吾妹《わぎも》

右の七首は、藤原　卿《まへつきみ》の作なり。年月を審《つばひ》らかにせず。

藤原卿という人物は、房前だともいい、麻呂だともいう。先ほど引いた坂上郎女あての相聞の、いかにも例の「僕《われ》は聖代の狂生ぞ」の作者らしい率直さむき出しの歌にくらべると、この七首の感触ははるかに優しく雅びやかである。だからといって房前の作とも思われないけれど、麻呂の歌かどうかも疑わしく思われる。しかし、それはどうでもいい。私は漢詩と和歌を対比的に並べてきたが、これら七首の優しいノスタルジーの調べを口ずさんでいると、心が和んでくるのをとどめがたいのである。「てにをは」がしなやかに弾み、印象的な地名や恋人の姿、また海人の働く姿のイメジを、音と意味の繊細な運動の中に包みこんで揺り動かすのが感じられる。

漢詩と和歌と。日本人は詩的表現の揺籃時代からすでに二種類の表現形式をもっていたという事実を、私は無視することができない。それは、その後久しいあいだ、いや現在にいたるまでの、日本の詩歌の歴史を、すでに象徴的に示す事実だったように思われる。それは、私たちが漢字と仮名を用いて書きつづけてきたという事実と切離すことのできない宿命的な出来事だったのである。日本の詩歌はたえずこの両極のあいだで生き、かつ働いてきたので、その事実を無視してこれを語ることはできないだろう。

渡口《とこう》の郵船は風定《しづ》まつて出づ
波頭の謫処《たくしょ》は日晴れて看《み》ゆ　　野

おきの国にながされける時に、舟にのりていでたつとて、京なる人のもとにつかはしける

わたの原やそしまかけてこぎ出でぬと人にはつげよあまのつり舟　　小野たかむらの朝臣

前者は『和漢朗詠集』巻下、「行旅」の章に収める小野篁の詩の断片である。岩波古典文学大系本の校注者川口久雄氏の注によれば、「これは今佚してない篁の有名な謫行吟《たくこうぎん》七言十韻の貴重なフラグメントであろう」という。和歌の方はいうまでもなく「百人一首」にもある有名なもので、『古今和歌集』巻九、羇旅歌に収める。

作者名に「野」とあるのは小野篁が参議となったため、中国式に姓を一字とって野相公《やしょうこう》とか野宰相と通称されたことからくる。文章は一世に冠絶し、漢詩は白楽天に通ずるものありと嵯峨天皇（この帝王も漢詩人だった）から激賞され、書も卓越していたという人だが、承和四年遣唐副使に任ぜられたとき不平をいだくことがあり、病と称して乗船せず、代りに「西道謡」を賦して遣唐使制度をそしったため、隠岐に流された。この時の流謫《るたく》行を詠んだ漢詩が幻の「謫行吟」というわけだが、彼が同時に詠んだ和歌の方は、二首が『古今集』に拾われたため今日まで伝わることになった。

「渡口の郵船は」云々の漢詩断片の大意は、「渡し場の埠頭につながれた郵便船は、風が静まるのを待って出帆する。海上はるかに、私が流される隠岐の島かげが、日の晴れるにつれて見えてくる」というのである。断片だけだが、和歌が「人にはつげよあまのつり舟」と悲傷の思いをしみじみ訴えているのにくらべると、漢詩の表情は冷静で視像もまた明確である。しかし情においては大和ことばの歌の方がじかに迫ってくるものをもつ。

物の色は自《おのづか》ら客《かく》の意《こころ》を傷《いた》ましむるに堪へたり
宜《うべ》なり愁《うれひ》の字をもて秋の心に作れること　野

隠岐国に流されて侍りける時によめる　たかむらの朝臣
思ひきや鄙《ひな》のわかれにおとろへてあまのなはたきいさりせむとは

前者は『和漢朗詠集』巻上、秋興に収められ、同じく隠岐配流中の作といわれている詩句である。「愁」の字の造作が「秋」の「心」であることを言うのは、「吹くからに秋の草木のしをるればむべ山風を嵐といふらむ」（文屋康秀）という歌の場合と同様、離合詩的な言葉遊びの一種である。大意は「眼に入るあらゆるものの有様が、配所にある私の心を傷ましめる。まこと、思い当ることであった、『愁』の字は『秋の心』の意であった」ということだろう。もしこれが実際に篁の隠岐配流中の作であるなら、ことさらにこんな文字遊びに託して、深い憂愁の思いを洩らしたと見ることができないわけではないが、それでもこの知的、観照的な悲哀の表現は、同じ隠岐で作られ、『古今集』巻十八、雑歌下に収められた「思ひきや鄙のわかれにおとろへて」の和歌の切々たる調べとは較べものにならなかった。

同一人が同一状況で歌っても、漢詩で書く場合と和歌で書く場合とではこういう違いが生じた。菅原道真についても同様の観察をすることができる。

日本の詩歌、とひとくちに言うが、その内容は決して単純ではないことを忘れてはなるまい。日本的抒情などという言葉も、軽々しく使える代物ではなさそうである。そのことを念頭におきつつ、日本の古歌や新詩の生態を、以下、さまざまな視点からさぐってみたい。

詩の「広がり」と「深み」――博識否定が語るもの

1

中世という時代

中世という時代は、日本の精神史において仏教思想が血肉と化し、人々の現実行動を根本から動かした点で比類のない時代だった。それは、私たちがふつう言う意味での「精神的」な時代の最たるものであったが、たぶんそれゆえにこそ、精神が最も激烈な行動を肉体に命じ得た、「具体現実的」「行動的」な時代でもあった。

肉体は精神と分離していなかった。精神の昂揚と深化は、肉体の昂揚と深化にほかならなかった。中世という時代が今日私たちにとって強い関心の対象となる理由はそこにあろう。単なる懐古趣味で中世を顧みて、そこから何ものか私たちを衝迫するものを見出しうるなどとは思われない。

詩歌の世界について見ても、こういう中世的事情は私たちの眼に明らかに映じてくるものであって、その点については前章[★1]でも触れたが、ここではそれを、藤原俊成という歌人の場合を軸に考えてみたい。彼のものの考え方には、単に平安朝崩壊期から鎌倉幕府成立期にかけて生きた一人の詩人の生活と思想というだけにとどまらぬ興味ぶかい問題がひそんでいるように思われるからである。

2

俊成の履歴

藤原俊成は、鳥羽天皇の永久二年（一一一四）に生まれ、崇徳・近衛・後白河・二条・六条・高倉・安徳・後鳥羽・土御門と十代に及ぶ天皇の時代に生き、元久元年（一二〇四）九十一歳で歿した。長命であった点で群を抜いている歌人だが、最晩年まで歌界の重鎮として活動し、重要な著作をものしている点でも異例の人である。

彼は後白河法皇の院宣を蒙って、勅撰集である『千載和歌集』の撰にたずさわり、後鳥羽天皇の文治三年（一一八七）、七十四歳のときにこの仕事を完成した。平安朝勅撰和歌集の最初である『古今集』は醍醐天皇延喜五年（九〇五）に奏覧されているから、『古今集』から『千載集』まで、二百八十二年の歳月が流れている。そして、『千載集』は平安朝最後の勅撰集となった。『古今集』における紀貫之、『千載集』における藤原俊成、この二人は、平安朝和歌史の発端と掉尾にそれぞれ位置して、実作のみならず歌論においても、後代にきわめて大きな影響を及ぼした歌人である。

時代全体の流れからみれば、俊成の生きた時代はまさに平安朝衰亡の時代であり、盛者必滅の思いは、この長命の歌人の半生、いや全生涯にわたって、深く心に沁みていたものである。保元の乱（俊成四十三歳）、平治の乱（同四十六歳）において自らの力をはじめて明瞭に自覚した武家は、またたくまに政治の主導権を手中におさめ、朝廷はたちまち権力の圏外にしめだされた。以後、たとえば『新古今集』勅撰の過程にみられる後鳥羽院のすさまじいまでの歌への執念にみられるように、朝廷と文化の結びつきは、武家の権力との葛藤という要因を内にはらんで、他の時代には類例を見ないような緊迫した高まりを示す。

平清盛が太政大臣になった仁安二年、俊成は五十四歳であり、寿永の乱に平家が滅亡したとき、彼は七十歳だった。そして、源頼朝が六十六国総追捕使となって天下の実権を手中におさめたとき、彼は七十五歳で、その翌年に『千載集』を奏覧に供している。彼の死んだ元久元年は、鎌倉で源実朝が十二歳で将軍となった次の年にあたる。すでに権力は北条家に移ろうとしていた時である。

こういう情勢の中で、俊成自身の官位の進みは遅く、五十五歳の時ようやく三位となって上達部《かんだちめ》の列に加わることができた。五十九歳で皇太后宮大夫となり、六十三歳で官を辞するまでが、官職における彼の最高の位であった。治承元年六十四歳の時には、女婿成親が謀叛の罪に問われて備前に流罪、ついで斬られている。無常の風はたえず彼の上に吹いていたのである。建久元年七十七歳の時、友人の西行が歿した。しかしこのころには名実ともに歌界の最高指導者であり、多くの歌合の判者となっている。建久八年八十四歳の時、式子内親王の需《もと》めによって、『古来風体抄』を書いた。質問は「歌の姿をもよろしともいひ、詞をもをかしともいふことは、いかなるをいふべき事ぞ」というのであった。つまり、秀歌の本質ならびに条件とは何か、という問である。俊成はすぐれた歌人たる内親王のご下問に感動し、「いにしへよりこのかたの歌の姿の抄」（これが『古来風体抄』の俊成自身による訓み方である）を心をこめて作った。ここに展開されている秀歌の本質論は、俊成の歌論の精粋であって、和歌史上に最も重要な位置をしめるもののひとつであり、中世歌論の出発点はここにあったといってもいいほどのものだった。

俊成の自讃歌

俊成の歌論については先でふれるが、彼の歌について言うなら、世間で最もよく知られている彼の歌は、おそらく次の二首だろう。

夕されば野べの秋風身にしみて鶉《うづら》なくなりふかくさの里（巻四、秋歌上）
世中《よのなか》よ道こそなけれ思ひいる山の奥にも鹿ぞなくなる（巻十七、雑歌中）

二首とも俊成みずから編んだ勅撰の『千載集』にのっているものであり、前者は彼自身が自讃歌としたもの、後者は『小倉百人一首』に選ばれたものである。『百人一首』は俊成の子定家が選んだものだから、定家がこの一首を父の歌の中で特別高く評価していたことは明らかである。

「夕されば」の歌については、鴨長明の『無名抄』に次のようなエピソードが録されている。

長明の師の歌人俊恵《しゅんえ》法師があるとき俊成を訪れ、俊成自讃の歌は何かとたずねた。世間では、「面影に花の姿をさきだてていくへこえきぬ峰のしらくも」が喧伝されていますが、と。俊成はそれを否定し、「夕されば」の歌をおもて歌（自讃歌）と考えていると答えた。

このエピソードを長明に語った俊恵は、俊成はそういったけれど、この歌の「身にしみて」の語は説明的でありすぎ、かえって余韻にとぼしいと評したという。

俊恵の評はなかなか面白い。意味をたどって読んでいけば、たしかに「身にしみて」は余計な説明で、あらずもがなの詞句に思われる。ただ、私には、俊成はおそらくそういう批判のあることは十分承知の上で、この語をあえて用いたにちがいないと思われ、はたしてそうだとすれば、それは彼が「身にしみて」という、決して新しい発見ではないありふれた語に、いってみれば時代性を強くおびた新しい意味合いを、予感的に感じとっていたからではないかと考えずにはいられない。「しみる」という語ならびに感覚の日本詩歌における重要性については第四章[★2]でふれたが、この感覚が、単に肌にしみる程度の触覚の次元から、精神的にぐんと深められてゆくのが、中世詩歌の大きな特徴であった。その自覚的なあらわれが、たとえばこの「夕されば」の歌だったのではないか、と私には思われる。

「世中よ」の歌はどうか。大意をとって言えばこの歌のこころは、次のようなものだろうと思われる。

ああ濁世《じょくせ》　道はどこにもない
思いをひそめ分け入ってきたこの奥山にも
哀れ　鹿が鳴いている
妻問う声か　さてはまた
現世《うつしょ》の未練を問うか　鹿の声よ

この歌の「道」を政道ととって、政道の乱れ、無道をいったとする俗解は、もちろんしりぞけねばならないが、『幽斎抄』に、俊成が『千載集』を編んださいこの歌をも入れたく思いつつも、「道こそなけれ」とあるところで俗難を受けるかもしれぬことをおそれ、入集をためらっていたところ、特に勅命によって『千載』入集ときまった、という話が伝えられている。もとよりこの話の真偽は明らかでないが、この歌がそのような危惧を作者にいだかせるていの歌であると、少なくとも人々に想像されたことは事実であろう。

しかし、歌の真意はいうまでもなく厭世、遁世の志と、それの遂げ難いことへの嘆きにある。歌の声調が、二句で一たん強く言い切り、三句以下で空間的な深さと鹿という具体物とを出しながら、しみじみした気分で詠み下しているため、余情の濃いものとなっている点が注目される。俊成自身もこの作に自信をもっていただろうが、子の定家は、『遺送本近代秀歌』に父の歌六首を選んだなかにこれを入れたのをはじめ、『二四代集』『自筆本近代秀歌』などにも選んでいて、あるいは「夕されば野べの秋風身にしみて鶉なくなりふかくさの里」の俊成自讃歌以上にこの作を高く評価していたかもしれないと思わせる。

いずれの歌の場合にも、歌の基調をなしている思想は孤独な生活者の思想であって、私たちがふつう「王朝」という時に思い浮かべやすい華麗とか艶《えん》とかいう属性とははなはだ異質である。これをもっと突きつめていえば、中世の無常観というものがどっかと底に居すわっているのがわかる。

3

無常観

無常観というものが中世詩歌の本質に深くかかわっていることはいうまでもない。これを具体的に歌の中に見てゆくと、どういうものが見えてくるだろうか。俊成の若年の歌一首についてそれを考えてみる。

保延五年ばかりの事にや、母の服《ぶく》なりし年法輪寺にしばし
こもりたりける時、よる嵐のいたく吹きければ

うき世にはいまは嵐の山風にこれやなれゆくはじめなるらむ

歌は『新古今集』巻八、哀傷歌の部に採られているが、ここでは詞書の一層くわしい家集『長秋詠藻』に拠った。保延五年、俊成の母が亡くなった。俊成は二十六歳だった。右の歌はその喪に服していたときの作である。「いまは嵐の」の「あらし」には「在らじ」の意も含まれる。歌のおおよその意味はこんなところだろうか。「この憂き世にはもう生きてなどいたくないとまで思う、そのわが思いさながらに、嵐が山から吹きおろしてくる。しかし、今こうして嵐に堪え、寺にこもっ

て喪に服していると、心は早くも嵐に馴れ、悲嘆にも馴れはじめてゆくようだ……」

俊成は十歳のとき早くも父を喪っていたから、さらに母にまで死なれた悲しみは深かったにちがいない。彼が、子の定家などにくらべてどうやらずっと信仰心にあつく、仏教の教義をも真剣に学んでいたらしい理由も、そういう若いころの個人的体験にまでさかのぼりうるかもしれないと思うが、それにしても二十六歳の俊成におけるこの諦念と自己凝視のまなざしの存在は、やはり注目していいものではなかろうか。嵐がどんなにすさんでも、やがては馴れてゆくのが人の心である。それと同様、母という最愛の肉親を喪った悲しみにも、人はやがては馴れてゆくのであり、それが生きる者すべての心のならいなのだ、と彼はうたう。

俊成はこの哀傷歌において人生の儚さを嘆いているのはいうまでもないが、同時に、その無常の嘆きにさえ次第に馴れてしまう人の性《さが》そのものの儚さをも嘆じているのである。つまり、ここでの悲傷の意味は単純に一筋ではない。醒めた認識者の悲しみが、歌の底流をなしている。二十六歳の俊成が、すでにこういう自己分裂の意識をもち、しかもその分裂した自己を対象化してうたいえたとき、すでに単なる自己分裂の状態からは脱しえていたところに、実は「中世」の精神のひとつの様態が鮮やかに浮かび出ている、というふうに私は感じるのである。万葉人にはもちろんのこと、『古今集』時代の文人たちの歌にも、こういう心の屈折の表現はほとんど見出せない。

無常を嘆く心そのものの、何ともいえぬうつろいやすさと儚さを見つめ、自覚的にそれをうたうとき、歌はいやおうなしに内省的、思索的、哲学的な性格を帯びる。それは奥深いところでアイロニカルなものとならざるを得ない。もともと、二十歳代の俊成の歌は、さほど多く残されてはいないが、その、知られている限り最初期に属する時期の歌においてすでにこういう心の屈折、こういう自己分裂の意識が、表現として定着されている点に、中世人の資格において俊成がうたいはじめていた証左があると私は感じる。

中世がいつ始まったかについては諸説がある。これを仮に鎌倉幕府成立の時期とするなら、それは俊成七十歳代半ばの出来事である。しかし、心の世界ではもっと早くから中世は始まっていた。そのことは、俊成の歌論についてみてもはっきりと感じられるところだが、いずれにしても、単に自己と他者との対立相剋を意識するだけではなく、自己自身の内部の分裂を鋭く嗅ぎつけ、その分裂をおのれ自身の存立基盤の儚さ、脆弱さとして、不安をもって凝視すると同時に、この凝視のまなざしそのものの強さ、したたかさについては冷静な自覚をもち、自己そのものを他者としてリアルに相対化し、そこから世界を見つめなおしてゆくというのが、俊成のような中世的精神の発見した新しい立場であった。

これは単に俊成のような詩歌人についてのみ言いうることではなかった。十三世紀という時代は日本仏教史における最高の爆発的昂揚の時代だったが、その指導者たちの心に生じていたドラマを考えてみても、存在の儚さの強烈な実感と、それをみつめてたじろがぬ強靭な精神との葛藤というものが、じつに生き生きと演じられていた。自覚的に把持され、すでにその事実そのものによって、潜在的には克服されはじめてさえいる無常観、というふうに言いかえてもいいかもしれぬ。それは俊成においても見られ、やがてはたとえば吉田兼好においても見られることになる、中世的無常観の姿にほかならなかった。

自己相対化への習熟、とこれを言いかえてもいい。この自己相対化が、単に自己の卑小さの自覚にのみ人を導くのではなく、自己認識の精緻化、組織化を通じて、自己を取巻く世界への冷徹でリアルな認識を導き出し、はては不可視の世界にまで透視力を働かせうる力までもたらすということの発見が、中世のすぐれた精神をあざやかに特徴づけているのである。

4

定家の貫之評

藤原定家が源実朝に贈った歌論『近代秀歌』は、「昔、貫之、歌の心巧みに、たけ及び難く、詞強く、姿おもしろきさまを好みて、余情妖艶の躰をよまず」というよく知られた評言を冒頭部分に置き、貫之の歌風ならびにその堕落した亜流に対置して、余情妖艶の歌風をむしろ推し（このとき定家の念頭にあったのは、『古今集』真名序で「余情」と性格規定されている在原業平の歌や、同じく「艶」とされた小野小町の歌だったと考えられる）、また源経信やその子俊頼らをはじめとする近代の詠風を推奨した。貫之の歌風を遠ざけて余情妖艶の歌風につくということは、端的に言い切ってしまえば、「晴《はれ》」的な歌風を遠ざけ、「褻《け》」的な歌風に現代的な重要性を見ているということであろう。「歌の心巧みに、たけ及び難く、詞強く、姿おもしろきさま」とは、帝徳讃美、雅宴陪従の詩歌において本領を発揮した平安初期漢詩や貫之風和歌の、もっとも特徴的な性格をうまく要約している評言であって、さすがは定家と思わせる。こういう公的な性格をもつ詩歌、言いかえれば、優美艶麗さにおいてさえ常に正面向いてみえを切っているような歌は、もはやわれわれのものではない、ということを定家は痛感していたのであって、「余情妖艶の躰」とは、そういう晴舞台の歌の対極に立つものとして彼に意識されていたわけであろう。

もっとも、「心」と「詞」とどちらをとるかという、古来歌論にとって最も基本的な問題に関しては、貫之も定家も、究極においては「心」を先とする態度において一致しているし、この基本に関しては、日本の和歌に関する議論の主流は常に変らなかった。その意味では、定家が貫之の流れに棹さしていたのはいうまでもない。ただ、彼ら二人が生きた環境の相違は、もはやいかんともしがたく二人の理想の内実の相違となって現われていた。定家にとっては「歌の心巧みに、たけ及び難く、詞強く、姿おもしろき」歌風は、自分の時代においては、すでに大きな違和感、むしろ空虚感なしには詠めないしまた読めないものとなっていることが、強い実感としてあったはずである。

それはそのまま、寛平・延喜の時代における上昇期の宮廷文化と、平安末期、鎌倉初期における衰頽期の宮廷文化との落差を示す事柄でもあった。貫之が、自分の歌は自分の歌であって同時に宮廷社会一般の美意識を代弁する歌でもあることを信じ、歌というものの普遍性、共同性に対して身をささげることをもって歌人たるもののつとめとなし得た——たとえば屏風歌の大量の制作を支えているのはそういう信念であったはずである——ようには、定家は一首の歌の共同性、普遍性を信じることができなかった。そこに、時代の変化というものの、なんとも否みがたい圧力が感じられる。ひと言にいって、定家の立っている宮廷文化の基盤は幻のごとく消滅しようとしていた。基盤がそのように揺らいでいたから、一層みずからの歌に執着しなければならなかった。
式子内親王が、たぶんことさら意識してではなしに、内的必然によって表現してしまった境地と同質のものを、定家の場合にはずっと意識的に、深刻に、妖艶に、多面的に表現したということができる。

定家の俊成評

さて、『近代秀歌』の、さきに引いた貫之評の少しあとに、定家自身の、父俊成をめぐる大層興味ぶかい叙述があって、それが今見た定家と歌とのかかわり方の問題をも、側面から鮮やかに照らし出すのがわかる。
定家は実朝にむかって述懐するように、こんなことを言う。

このみちを、くはしくさとるべしとばかりは思《おも》ふ（う）たまへながら、わづかに重代の名ばかりをつたへて、あるいはもちゐられ、あるいはそしられ侍れど、もとより道《みち》をこのむ心かけて、わづかに人のゆるさぬ事を、申しつゞくるよりほかに、ならひしることも侍らず。おろそかなる親《おや》のをしへとては、「歌はひろく見、とを（ほ）くきく道《みち》にあらず。心よりいでゝ、みづからさとる物也」とばかりぞ、申し侍りしかど、それをまことなりけりとまで、たどりしることも侍らず。

すなわち、自分は歌道をもっとくわしく悟得すべきだと常に思いながら、現実には重代の歌人、すなわち父祖を継ぐ歌人という評判だけを持ちこたえたにすぎず、作品はある時は認められ、ある時は非難されるという有様ですが、元来歌道を熱心に学ぶ心に欠け、「わづかに人のゆるさぬ事を、申しつゞくるよりほかに、ならひしることも侍らず」（わずかに、他人が認めないようなことを主張しつづけるよりほかには学び知ったこともありません）、不十分ながら受けた父（俊成）の教えには、「歌はひろく見、とほくきく道にあらず。心よりいでゝ、みづからさとる物也」とだけ申していましたが、その教訓がまことに正しかったとさとるところまで思索を深めることもできませんでした、云々。

いうまでもなく、必要以上の自卑の口上がまじっているけれど、「わづかに人のゆるさぬ事を、申しつゞくるよりほかに」何も学び知ったことはなかったというところは、いかにも定家らしい面目を伝えている。しかしそれ以上に注目すべき個所は、父俊成の戒語が書きしるされているところであろう。

「歌はひろく見、とほくきく道にあらず。心よりいでゝ、みづからさとる物也」。この言葉は、まことによく俊成という歌人の立場と覚悟を言い表わし得ていると感じられる。王朝文化の余映は、周囲になお漂っているにしても、それらの中にあって単に「広く見、遠く聞く」というやり方では、もはや歌ひとつ作ることさえ許されないという切実な実感が彼にはあった。紀貫之の時代も、藤原公任の時代も、歌というものは「広く見、遠く聞く」能力、すなわち広く豊かな学識や有職の知識とともにあるものだった。すなわち公任が、『紫式部日記』にもあるように、当時の宮廷社会において威風あたりをはらうていの声望と権威を持つことができた、その重要な資格としての管絃や朗詠の才をも含む、多面的な教養、才智とともにあるものだった。

俊成とてもその意味を否定はしない。しかし彼には同時に、作者としてそのあとを追うことは、もはや現代においては不可能であり、不可能である以上に誤りだという自覚があった。その自覚が、「歌はひろく見、とほくきく道にあらず。心よりいでゝ、みづからさとる物也」という端的な教訓となり、その態度が、実際には稀代の勉強家であり「広く見、遠く聞く」ことにおいて『古今』の詩歌人中おそらく抜群だった息子の定家にも伝わって、あの佶屈たる性格を形成する重要な要因にもなったにちがいないのである。

俊成の歌論

しかし、いうまでもなく、「艶」という平安朝和歌の根本的な理想は、俊成においてもかたく保たれつづけねばならなかった。問題は、貫之の時代や公任の時代においてごく普通のものだった「艶」では、俊成の目に華美に過ぎ、浮薄に映るという点にあっただろう。この問題について、俊成は歌論においてどのように考えていたか。

『古来風体抄』は、式子内親王からの問にこたえて、年来抱懐してきた和歌についての考えを披瀝した俊成の代表的な歌論だが、その初めの部分に、右の問題をめぐる俊成の考え方が語られている。

歌のよきことをいはんとては、四条大納言公任卿は金《こがね》の玉《たま》の集《しふ》と名付け、通俊《みちとし》卿の後拾遺の序には、「ことば縫物《ぬもの》のごとくに、心海《うみ》よりも深し」など申したためれど、必ずしも錦縫物《にしきぬもの》のごとくならねども、歌はただよみあげもし、詠《えい》じもしたるに、何《なに》となく艶《えん》にもあはれにも聞《きこ》ゆる事のあるなるべし。もとより詠歌といひて、声につきて善くも悪しくも聞ゆるものなり。（小学館版日本古典文学全集『歌論集』）

公任卿の「金の玉の集」とは、公任が『万葉集』以後当代に至る歌の中から七十八首をえらんで編んだ『金玉集』のことだが、俊成は藤原道長時代の平安朝文芸最盛期を代表する二つの歌集、すなわち『金玉集』と『後拾遺集』をとりあげ、これらの風を婉曲に否定しているのである。つまり公任は集の名を晴れやかな「金《こがね》の玉《たま》」と名づけ、通俊は「ことば」すなわち表現が、刺繡のように華麗であることを誇ったのに対し、俊成は、必ずしも錦地のように飾りたてなくとも、「歌はただよみあげもし、詠じもしたるに、何となく艶にもあはれにも聞ゆる」ことがあるものだろう、そういう歌が最良の歌なのだ、と主張しているのである。

歌を声に出してよみあげ、あるいは抑揚をつけて朗詠することによって善し悪しを判断するというやり方は、当時一般的な方法だったにちがいないが、ここではまた、俊成が「歌合」の場において、当時最も権威ある存在として君臨していた、その長い間の体験の裏づけをも感じさせて興味がある。

しかしそれ以上に、「何となく」の一語には注目させられる。彼はこういう言い方で、実は、何らかの明瞭な価値評価の基準とか客観的原則といったものは、歌の評価に関しては存在しないということをはっきり主張したのだといっていい。

評価の基準は、どこにあるのか。それは外的に規定できるもの、客観的に説明できるものの範囲を超えたところにある。すなわち、おのれ自身の心のうちにある。これが「何となく」という一語の背景をなす俊成の信念にほかならない。「歌は広く見、遠く聞く道にあらず。心より出でて自らさとるものなり」という、定家への教訓と、『古来風体抄』における俊成自身の主張とは、つまるところまったく同じことを言っていて、これがいかに俊成の強固な信念となっていたかをうかがわせる。

このことをもっと鮮やかにのべている個所が『古来風体抄』にはあって、それは冒頭の一節にほかならない。

かの古今集の序にいへるがごとく、人の心を種《たね》としてよろづの言《こと》の葉《は》となりにければ、春の花をたづね、秋の紅葉《もみぢ》を見ても、歌といふものなからましかば、色をも香をも知る人もなく、なにをかは本《もと》の心ともすべき。この故に、代々《よよ》の御門《みかど》もこれを捨て給はず、氏々《うぢうぢ》の諸人《もろびと》も争ひ翫《もてあそ》ばずといふことなし。

この一節の意味の大きさに関しては、すでに窪田空穂の鋭い指摘がある。いささか長文にわたるがここに引くのが適当だと思う。

彼のいつてゐる事の中心は、「春の花を尋ね、秋の紅葉を見ても、歌といふものなからましかば、色をも香をも知る人なく」といふのである。春の花と秋の紅葉とは自然の代表物である。自然そのものといふことである。色と香とはその美である。これは言ひかへると、自然の美といふことである。彼は、自然の美は、歌を離れては解せられないものだといふのである。或は歌を離れては存在しないものだともいふのである。彼はこれを自明の事として、断定的にいつてゐる。尤も、全然説明がないではない。それをいふに、歌界の権威である古今集の序を引いてゐるが、その引き方は特殊なものである。古今集の、「人の心を種として、よろづの言の葉とぞなれりける」といふのは、歌の多趣多様であることをいつたに過ぎない。彼は、その「種」を本《もと》とし、そして一切の自然は心の生み出すところのものだとしたのである。これは多分、彼の信ずる仏教の影響をうけた心持で（大岡言う――実際、俊成は『古来風体抄』の右の部分につづく個所で、みずからの深く影響を受けた「天台止観」に説くところの、空諦・仮諦・中諦の考えをもって、和歌の本質に通ずるものと書く）、彼としては説明を要さないものでもあらうが、これを直ちに歌の上に移して、自然の美即ち艶は、一に我が心のものだといふ立言は、相応の飛躍のある、理路を越えた、彼の信念の披瀝と見ざるを得ないものである。

この自然とは艶なるものであつて、艶とは心の中に存するものだとの見解は、必ずしも俊成に創《はじ》まつたものではないのかも知れない。しかしこの事を意識的なものにし、信念とし、作歌の根本としたことは、俊成が第一であつたらう。

公任や後拾遺集の中堅歌人の生存してゐた平安朝極盛期には、艶は客観的に存在してゐたのである。又、広がりを持つて、随時随処に存在してゐたのである。彼（俊成）の余りにも艶と見えるものも、彼らに取つては当然だつたのである。衰頽期の俊成は、艶を主観的なものと見るほかなかつた。身外にはいづくにもなく、あるは心中のみだつたのである。随つて広がりは持たせられない。それを進展させようとすれば一に深みを持たせるより外はなかつたのである。

（「藤原俊成の歌論――主として艶と幽玄と本歌取とにつきて」『窪田空穂全集』第十巻「古典文学論Ⅱ」）

俊成歌論の本質にかかわるこの指摘は、俊成が「やまとうたは人の心を種として、よろづの言の葉とぞなれりける」という『古今集』仮名序の言葉について、「よろづの」の「の」を、ふつう解されているような連体修飾の「の」ではなく、主格を示す「の」として読んでいたのではないか、ということを考えさせるし、事実俊成の叙述全体はその可能性がかなりあることを示している。つまり、和歌は人の心が種となってさまざまな言葉（歌）になったのだ、という程度のものではなく、人の心を種として、万象が言葉（歌）になったのだ、と彼は解していたように思われるのだ。

この問題に関連して寺田透の「古今所感」（『源氏物語一面』所収）の指摘は興味ぶかい。寺田氏は『古今』序のこの部分について、「よろづの」の前後に読点を打って、「よろづ」を主語として読むべきではないかという「僕の以前からの仮説」をのべ、『古今』序のこの一節の解を次のように示している。

漢詩に対して日本の歌は、ひとの心を一切の発芽の根源として、それから伸び出る幹茎の言語表現衝動から、人事人情思想その他の森羅万象が、さらにその葉に相当するものとして表に出たものである。もともと人事人情思想、森羅万象の刺戟が心のはたらきを目ざまし、その中に宿つたのではあるが。

寺田氏はさらに、「つまり『よろづ』は主格の抽象名詞ではなからうかといふことであり、日本の古代の言語表現では抽象名詞が主格の位置につくことはなかつたといふのは、『古今』時代まで降ればかならずしも、一般的に言へることではなかつたらうといふことである」と書いている。貫之自身が序を書いたとき、はたして寺田氏の説くような意味でこの語を書きしるしたかどうか、私はなお一考の余地があるような気がしているが、こと俊成の読みに関しては、寺田氏の解がまさにぴたりとあてはまるように思われる。それは、空穂の解釈にもあったように、「一切の自然は心の生み出すところのものだ」とする読みであって、さらにつけ加えれば、その点では貫之と俊成とは立場が相違していると見る空穂の考え方が、私には自然なように思われる。

そういう和歌観をもち、そういう世界観をもつ以上、歌の理想としての「艶」も、「身外にはいづくにもなく、あるは心中のみ」であり、「広がり」においてではなく、ひたすら「深み」においてそれが追求されざるを得なくなるのも、必然の成行きであったわけである。

「広がり」においてではなく、「深み」においてとらえられる「艶」、それこそ、言葉をかえていえば、俊成にとってのみならず、中世以降の和歌、詩文、連歌、能楽、音曲など、文芸・芸能において重視された「幽玄」という理念にほかならなかった――そう言うことができるのではなかろうか。

5

歌合の役割

「幽玄」という、もともとは深遠窈冥《ちょうめい》、人智を以てしては容易にうかがい知ることのできない境をさしていた形容語が、日本に入ってきてからしだいに芸術論の用語として地位を高め、やがて最高の芸術美をあらわす言葉としての実質をそなえるにいたる経緯は、それ自体まことに興味あるものだが、それがそうなった決定的な時点に俊成という歌人がいたということ、そしてそれは、俊成が「広がり」ではなく「深み」において歌の本質を見るという大きな中世的価値転換の意識をみずからにおいて体現し、代表していたこととも深く関わる出来事だったということ、これらは見逃しがたい事実である。

『新古今集』時代の歌人たちにとって、この「深み」の追求という命題は、すでに当代の和歌の最も基本的で疑う余地のない命題として了解されていた。そのことは、考えてみれば、多くの歌人たちの感性の水準が驚くべき高さに保たれていたということである。中古の『古今集』時代には撰者たちおよびごく少数の他の専門歌人だけが了解していればよかったような、理念の表現としての和歌という考え方が、中世の『新古今』時代になると、勅撰集に歌がとられる、とられないにかかわらず、当代の歌に志ある人間すべてに、前提的な了解事項としていだかれていたといっていい。

そうなった理由はさまざまあって、たびたび言ったように、社会的変動が貴族社会にもたらした精神的影響の大きさも、当然その理由の一つにかぞえられるが、事をもっと具体的な領域において眺めれば、「歌合」というものが結果としてそういう全般的状態を導き出す上に非常に大きな役割を果たしたことは、否定できまい。「歌合」において左右の歌が優劣を競う。そこには判者がいた。判者は歌の勝ち負けを決めるに当って、この歌を勝とし、あの歌を負とし、あるいは左右を持《じ》とする理由を明らかにしなければならなかった。そのためには、歌体論や歌病《かへい》論をはじめ、和歌の故実に関する知識を総動員し、当代において庶幾さるべき歌の姿、理念を明らかにして、それらの根拠にもとづき、目前の歌に判定を下さねばならなかった。

このことはまた、判を受ける側にとってもそれらのことが同等に大問題だったことを意味している。その結果、あるべき歌の姿はどのようなものか、という理念の問題に関して、多くの人々がきわめて敏感になるという事態が生じた。

わざくらべ的な色合いの強い初期の遊戯的社交的な「歌合」の時代はともかくとして、院政期に入ったころからにわかに活発になる文学的な「歌合」にあっては、まさに今いったような性格が濃厚になるのである。そのことは、作歌者が同時に鋭敏な批評家にもなるということを意味していた。そういう波の高まった頂点に藤原俊成の仕事が位置していた。そういう「歌合」の統合者、統率者たる俊成だったからこそ、彼の洩らす「幽玄」という一語が、あれほどにも通りのいい、深く尊ばれるものになったということもまたあったわけであろう。

しかし、ここでもう一度強調しておけば、「歌合」に君臨する学者、批評家としての俊成、九十歳に達する長い生涯にたくわえた厖大な学識や知識を誇る俊成が、そういう蓄積の一切にもかかわらず、「歌は広く見、遠く聞く道にあらず。心より出でて自らさとるものなり」と定家に教え、定家もまたそれを銘記していたというところに、中世の詩精神というものの真実の姿があったことは、決して忘れることのできない事実であった。

（編注）

★1 『詩の日本語（日本語の世界11）』の第八章「日本詩歌の「象徴主義」――「幽玄」の思想が語るもの」を指す。

★2 同書第四章「恋歌の「自己中心性」――「ひとり寝」の歌が語るもの」を指す。

詩の「鑑賞」の重要性——一語の読み方が語るもの（抄）

1

諸問題の山積

「詩の日本語」という主題をかかげて書く以上、古代から現代にいたるまでの厖大な詩歌作品の中には、文字通り無数の問題が横たわっていると言っていい。私がこれまでの各章で書いてきた事柄は、それらの問題のまことに限られた部分にすぎないのは言うまでもない。ここでは取上げることができなかったが、たとえば連歌や連句の世界について、具体的に作品をあげて論じるということを考えてみれば、それだけでもこの一冊の本に盛り切れないほどの豊富な話題が私を誘ってやまないだろう。また、新体詩以降の近代・現代詩や、子規以降の短歌や俳句世界のことを考えれば、これまたたちまちにして諸問題の山積を見ることになるのは必定である。それらについて論じる余裕がないのは残念だが、私としては、それらを採上げる代償として以上各章に書いてきた事をなげうつわけにもいかなかった。これらは私にとってすべて気がかりな対象、関心事だったからである。そして私は、これらの問題が必ずしも私一個の関心事にとどまるものとも思われなかったからである。

さて、この章では、詩歌の用語をどう読み解いてゆくかという「鑑賞」に関わる問題、この古くて常に新しい「解釈」の問題について、いくつかの例をあげて考えてみることにする。

2

仮名書きの効果

以前私は『紀貫之』という本を書いた。貫之の歌を百首前後とりあげて論じたが、その中に、作年代不詳、「題知らず」の次の一首があった。

胡蝶にも似たるものかな花薄《はなすすき》恋しき人に見すべかりけり

私はこの歌についてこんなことを書いた。

「蕪村風ともよぶべきか。私はこの歌の、さらりと詠み下された素直で心に沁みる調べから、これはむしろ晩年の作ではないかと感じている。貫之という人は、面白いことに、晩年になってからの方が、正述心緒風の、心直《す》ぐなる歌を多く書いているのである。土佐日記に出てくる歌からもそれは感じられるし、年代の明らかな歌の多い屏風歌について見ていっても、それは明らかな特徴といえるのだ。これは私が貫之について感心させられることのひとつである。」

このように言って、私は貫之最晩年の時期の「心直《す》ぐなる歌」をいくつか挙げて自説の例証とした。しかし今そのことは当面の問題ではない。「胡蝶にも」の歌そのものの読みとりかたをめぐって、『紀貫之』の刊行後ハッと気づいたことがあって、そのことを書きたいと思う。

私が貫之論を書くにあたってもっともおかげを蒙ったテクストは、萩谷朴氏校訂による『新訂土佐日記』(朝日新聞社版「日本古典全書」)だった。この本は知られるかぎりの貫之の歌一千余首をすべて網羅し、実質的に紀貫之全集といえる性質の本であり、「胡蝶にも」の歌も、もちろんこの本の中に収録されてはじめて一般の目にふれるものとなったのである。

この本を読んでいるうちに私は右の歌にめぐりあい、「胡蝶にも似たるものかな花薄」という上句五七五を読んだとたん、これはまたなんと近世風な、と感じ、つづけて「恋しき人に見すべかりけり」という下句七七を読んだとき、蕪村風だな、という感想が湧いたのだった。蕪村の句を知るほどの人なら、私のこういう連想が決して荒唐無稽なものではないことを認めてくれるだろう。

それからしばらくしたころ、私は詩や歌を平仮名だけで書くことの意味についてうつらうつら考えていることがあった。三好達治の「朝はゆめむ」(詩集『故郷の花』)のような、平仮名だけで書かれた詩の、同じ語をくりかえし用いる手法がもっている音感上の美しさのことなどを考えていたのである。三好氏のその詩は次のようなものである。

ところもしらぬやまざとに
ひまもなくさくらのはなのちりいそぐを

いろあはきさくらのはなのひまもなくななめにちるを
あさはゆめむ
さくらのはなのただはらはらとちりいそぐを
はらはらとはなはひそかにいきづきてかぜにみだれてながるるを
やみてまたそのはなのわづかにちるを
さくらのはなのかくもあはれにちるをゆめみしあさのゆめ
めにさやか——
またみづよりもしめやかにこころにしみてわすれがたかり
わきてこはかやのすそはやひややかにほにふるる
うらぶれしあきのあさなれば
ゆめさめてわれはかなしむ
ゆゑしらぬとほきひのなげかひのいやとほきはてのなごりを

往時、和歌などを書くときの仮名表記には、濁音の表記はないのが原則だったから、右の詩をも、もし平安朝の歌人が色紙にでも書いたとすれば、「やまさと」「ちりいそく」「いきつきてかせにみたれてなかるるを」のように書いたはずだが、こういう具合に清音だけで表記される歌は、慣れてくると一種ふしぎな魅力を感じさせるようになるもので、その大きな理由は、何といっても一音一音がさやかに粒立って耳に入ってくる、その音の魅力にあることは言うまでもない。

そんなことをうつらうつらと思っていたはずだが、そのとき不意に私は、例の貫之の、まことにおぼえやすく口に乗りやすい歌、「胡蝶にも似たるものかな」を思い出したのである。歌はこのとき、平仮名のひとつらなりとして私の頭の中に流れた。

こてふにもにたるものかなはなすすきこひしきひとにみすへかりけり　つらゆき

少しのあいだ、歌は私の中で鳴っていた。それから私はハッとし、しまった、あれだけの読みでは足りなかった、と舌打ちした。というのは、私の記憶の中から、「こてふににたり」という、どこかで読んだ断片的な一句が急に浮かびあがってきたからである。たしか『古今集』で読んだ歌ではなかったか、あれは。

『古今集』巻十四、恋歌の部の四に、その歌はあった。「よみ人しらず」の歌だ。

月夜よし夜よしと人につげやらばこてふににたり待たずしもあらず

「こてふ」は「来《こ》てふ」であり、「来《こ》」は命令形、「来《こ》よ」と同じ意味だし、「てふ」はもちろん「といふ」の約言である。歌の作者は女であること明らかで、「今夜は月の明るいよい晩ですこと、と男に文《ふみ》を送ってやったなら、それはもう、あなたお越しになりませんか、いっしょにこの月を賞でるために、という誘いの手紙ということになるだろう。文を送ってみようか。あのひとはまるであてにはならない人だけれど、でもひょっとしたらやって来るかもしれない。わたしだってそれを待たないでもない」というほどの、待つ女の心のゆらぎ、たゆたいを歌っているものだろう。

　これを私は思い出したのだった。『古今集』は若かりし日に貫之が編纂の中心人物として精魂こめて編んだアンソロジーである。そこに拾われている「よみ人しらず」の歌は、概して味わい深い秀歌が多い。この名誉ある勅撰歌集に、作者不詳にもかかわらず採られているほどの歌なのだから、それは当然だった。言いかえれば、貫之にとっては「よみ人しらず」の歌はお気に入りの歌だった可能性がある。そして、気に入った表現をみつけると、何度でもくりかえし借用してわがものにしてしまうという癖が貫之にはあった。

「こてふにもにたるものかなはなすすき」は、明らかに、「おいでおいで、とさし招くようではないか、あの花薄は」という意味を含んでいるのだった。「こてふ」の中に、「来《こ》てふ」と「胡蝶」のダブル・イメジの面白さを読みとらねば、この歌の作意を完全に読みとったことにはならないのだった。しまった、と私が気づいたのはそのことだったのである。

　もしテクストをもっとゆっくり注意ぶかく読んでいたらどうだったろうか。「胡蝶」という漢字の裏側に「こてふ」という平仮名を読み、そこから「来てふ」までゆくことは、『紀貫之』を書いた当時の私にはとても無理だったろうと思う。もし、テクストで胡蝶という漢字があてられていず、昔通りの書き方で「こてふ」という表記がなされていたなら、あるいは立ちどまって考えこみ――なぜなら、「こてふにもにたるものかな」とあれば一応は胡蝶を考えるにしても、一義的にそれだけで満足してしまうかどうか、その場になってみなければ分らないことだから――「待てよ、こてふというのはどこかでも見た記憶があるぞ」と思い直して例の『古今集』の歌にまでたどりついたかもしれなかったけれど。

そういう意味では、和歌を読む場合、平仮名と漢字の問題は決して馬鹿にならないことである。漢字は意味をじかに明示してくれるから、「胡蝶にも似たるものかな」とあればまず胡蝶以外のものは考えないですむ。けれど、平安朝歌人は料紙にこの歌を書くとき、「こてふにもにたるものかな」と書いていたのである。平仮名一字一字は意味をもたない音にすぎない。その音がつながると き、そこに意味が暗示されるので、その暗示をとっくり読み解くためには、簡単に漢字をあてはめてしまわない方がいい場合がある。そういう貴重な教訓を私はこの時の経験から得た。

もっとも、その後も私はポカばかりやって、たえず後の祭りをやっているのだが。

十年ほど前、大学問題で世間が騒然としていたころ、若い詩人たちのあいだでは、詩の鑑賞なんてものはくだらない暇つぶしだ、という考えがかなり流行していたようだった。私にもそういうことを言いたくなる気持がわからなくもなかったが——なぜなら、詩の鑑賞というものにもピンからキリまであって、キリときたらお話にもならないものまで含まれるから——それでもおいそれとそれに同調する気にはならなかった。鑑賞というものは必然的に評釈を含む。そして評釈は、ある意味で批評の究極という性質をもっている。鑑賞の極致は、そういうものまで含みこんでいなければならないはずだから、私は、鑑賞なんかくそくらえ、と鎧袖《がいしゅう》一触する気にはどうしてもなれないのだった。それに、近代の詩歌評釈や鑑賞のあれこれについて、私の触れ得たかぎりで考えてみれば、一流の歌人・俳人また詩人の書く評釈や鑑賞のたぐいは、どうしようもなく立派なものが多くて、それらをひとしなみに軽くあしらうなどということは、蛮勇の無慚さを示す以外のものではないと思われるのだった。今もこの考えは変らない。

最初にあげた紀貫之の歌に関する私自身の経験は、読みこみ不足ということの具体的な一例をあげたにすぎないが、こういう一語のせんさくに一喜一憂することを馬鹿馬鹿しいと思う人もあろう。そういう人は、たぶん詩歌の鑑賞ということとは本質的に無縁な人である。私にとっては、詩や歌を読むということは、つづめて言えば、言葉を経験するということに等しいので、一語のせんさくを簡単に無視するわけにはいかないし、それを基礎に置いた鑑賞というものを、十把ひとからげにしりぞけることもできないのである。

（3、4節は省略）

感受性の祝祭の時代

谷川俊太郎に「変則的な散歩」という作品がある。

そのころ、有能な詩人たちはみな、ひとつの行から他の行へ、ぶらぶらと散歩に出ていた。ひとつの行から他の行へたどり着いた連中はどういうわけか妙に気軽になっていて、たちまち平凡な冗談を云いあったり、無力な悪口を云いあったりして、また他の行へとふらふら散歩に行ってしまうのだった。

今度はたどり着けるのかどうか、いつもみな確信はなかったけれど、或る者は長い絵巻物をひきずりながら、或る者は水晶球をフットボールのように蹴りながら、歩いて行った。

詩人たちの他の者は、行と行との間で急に女と寝たくなったり或いはわざと何かこまかいもの、たとえば納屋の鍵とか、古い四折本とかを紛失したりして、何となく道草した。

かれらは道を間違えたわけでもないし、アキレス腱を切ったわけでもないのに、どうしてもひとつの行から他の行へたどり着けないので、少々てれくさがっていた。自分の二本の脚（或いは三本の脚）のことを、河馬の脚のように語り、それが恥ずかしくもあるし、誇りでもあるといった様子だった。そういう詩人の恋人は、例外なくよく肥えていて、洗濯竿の下で甲高い声でオペラのアリアなんかを歌っていた。

　これらいささか変則的な散歩は、いかなる国家のいかなる交通規則によっても、なんらの制限も受けなかったが、老人たちや子供たちは、防波堤の上から苦しげに散歩者の群をみつめた。

（詩集『21』）


　この詩は、言ってみれば淡彩で描かれた、ただしデッサンは力強さをも優雅さをも欠いていない、みごとな風俗画である。この種の風俗画を描くには、デッサンの軽やかな正確さが要求されるので、よほど力量のある詩人でないと、大ていは泥くさくぶざまになってしまうものだ。僕がこの、必ずしも谷川の代表作とはいえないであろう作品をあげたのは、今いったような意味で、谷川の詩人としての力量が、こういう詩にも明瞭にあらわれ、みずからを祝福しているのを感じるからである。

　だが、この詩に、微笑と隠された心の疼きをこめて描写されている詩人たち、彼らの上には、何という憂愁の柔らかな陽差しが落ちていることだろう。僕は谷川が最後の一節で、老人たちや子供たちに、散歩する詩人たちの群を、防波堤の上から「苦しげに」みつめさせていることに読者の注意をうながしたい。これらの散歩者は、「国家のいかなる交通規則によっても、なんらの制限も受けない」散歩をくりかえしているが、谷川の詩の文脈の隠れた意味からすれば、彼らは「なんらの制限も受けなかったが」、それゆえに老人や子供たちはこれら散歩者の群を「苦しげに」みつめているのである。これらの散歩者は、いわば気のむくまま散歩をしていて、その意味では決まった道を往来している人々にはない、ある種の行為の自由をもっているようにみえる。だが、彼らはその散歩の涯てに、雲を霞と消滅するのでもないし、散歩をやめて沙漠の貿易商になるわけでもない。彼らの散歩は、相変らず、「行から行へ」の限られた空間の中でくりかえされつづけ、防波堤の上からは（この防波堤のイメージの提出はきわめて効果的である）、彼らの散歩は丸見えなのである。すなわち、内的には、恍惚と不安とともにある自由感が彼らの散歩を彼らにとって魅惑的なものにし、未知なるものへのたえざる接近をそそのかしているようにみえるにしても、そういう彼らの姿は、その内面の王国をもひっくるめて、動物園の檻の中のある種の動物の、もの憂い動作のくりかえしを想起させるのである。谷川の詩は、この二重の視野において成立している。僕は『二十億光年の孤独』で、ひとりの気ままな地球への旅行者のように登場した谷川が、今、おそらく彼自身をも含めた詩人たちの生活を、このような穏やかな憂愁の色合いの中で描き出していることに、一種の感慨をおぼえざるを得ないのである。

詩人たちの散歩がいかなる交通規則の制約をも受けないということからもたらされる主観的自由が、その自由感の側面において、輝きと魅惑の源泉であった時代は、たしかに存在した。谷川俊太郎はそのような自由の感覚の、戦後詩における最も早い体現者であったということができるだろう。三好達治が『二十億光年の孤独』によせた序詩「はるかな国から」の中で、谷川の詩を霜のきびしい冬の朝に突忽として訪れる水仙花になぞらえつつ、

薫りも寒くほろにがく

風にもゆらぐ孤独をささへて
誇りかにつつましく
折から彼はやってきた
一九五一年
穴ぼこだらけの東京に
若者らしく哀切に
悲哀に於て快活に
——げに快活に思ひあまった嘆息に
ときに嚏を放つのだこの若者は
冬のさなかに永らく待たれたものとして
突忽とはるかな国からやってきた

とうたった時、新たな登場者としての谷川の像は、ひとつの時代を背景に、くっきりと描き出されていたのである。「悲哀に於て快活に」——それは谷川においてのみならず、やがてさまざまな肉声を響かせはじめる一九三〇年前後に生れた一群の詩人たちの、共通の性格となるはずの態度だった。岩田宏が飯島耕一を論じつつ、これら「一九四四年の中学三年生」たちの精神的特徴について、「放心そのものを自己と他者との積極的な関係を証明するための手段と考えたことは、この世代の特徴であると思われる。（中略）ある世代に共通した疾患である貧血状態のなかで、新しいメタフィジックを創り出すこと。放心を理解にまで変質させること。」（ユリイカ版「飯島耕一詩集」解説）と書いたのも、僕には同じ視野の中での出来事であったと思われる。岩田宏の飯島耕一論は、ひとりの詩人が別の詩人について、同世代的な理解と共感をこめて語った屈指の詩人論であると同時に、ひとつの文学的世代の形成論としても示唆に富んでいる。僕はすでに他の揚所でもこの文章を引いたことがあるが、ここでももう一度引用せずにはいられない。

「戦争の大義名分に絶望的に陶酔するには若すぎ、戦争の現実を見逃してしまうには年取りすぎていた当時の中学生たち（中略）かれらは決して戦争に馴れなかったし、八月十五日以後も、だれよりも平和になじめなかった。その筈である。かれらは初めから平和を知らなかった。たとえば飯島耕一は一九三〇年（昭和五年）の生れだが、日本帝国主義が満州で戦争を始めたのは、その翌年、昭和六年のことである。」

「ふるぼけたサイレント映画に似たこの稚拙な飯島耕一初期の散文詩（「霧」）にも、『一九四四年の中学三年生』の志向の一つは明瞭にあらわれている。それは、いってみれば、両親を知らぬ浮浪児が、その本能的味覚を動員して、おのれの出生の秘密を探りあてようという志向である。かれは自分が物心つく直前の過去を知らなければならない。かれにとっての『歴史』は、さしあたり、そのことだけに限定される。かれの衝動も、好奇心も、あこがれも、すべてその志向のなかでめぐりつづけるだろう。戦争はまちがっていた、とかれは教えられる。よろしい、それは知っている。戦争は初めからかれのものではなかった。それならば、戦後はかれのものか。かれは曖昧にあたまをふる。あの空や、土や、真夏の太陽（注・勤労動員の思春期の中学生がみた空や土や太陽）が忘れられないのである。そこにこそ、かれの存在の暗号を解く鍵がある。」

岩田宏は、このように説いたのち、さきに引いた「放心を理解にまで変質させる」「貧血状態のなかでの新しいメタフィジックの創出」を、この世代の精神の特徴として指摘した。それは、この世代における一種本能的な、歴史主義への反撥の指摘でもあったと言えるであろう。彼らにとっては、個体は歴史の網の目によっても、政治の網の目によっても掬いとることのできない領域に、すでにはみ出てしまったものとして、自覚されたのである。この自覚が、岩田宏のいう「放心」の実体だったのだといってもいい。そして、この「放心そのものを自己と他者との積極的な関係を証明するための手段と考える」態度は、必然的に、彼らをきわめてナイーヴな存在にした。というのも、彼らは世界に対して「イエス」というべきか「ノオ」というべきか、その態度決定のための材料を目前に何ひとつもたない存在としての自己を自覚していたからである。いや、目の前に、さまざまな材料はいっぱいあった。矛盾する諸価値が、陰険に、あるいは騒然と共存する戦後日本の沸騰期は、彼らの自意識のめざめと重なり合っていたのだから。だが、ひとつの価値の威丈高な擁護者が、一夜にして反対の価値の意気軒昂たる護持者に苦もなく転じるのを見ながら、彼らは、この喜劇的な人間世界に対するナイーヴな浮浪児の軽蔑を、心に育てていたのである。目の前にあるさまざまな材料は、それ自体がすでに信用ならないものと彼らに映じた。

このとき、彼らにとって、信じるに値するものは、何があったか。感受性——このおよそ頼りなげな一語によって表象される人間のナイーヴな能力が、ともかくもまず拠るべきものとして、彼らの内部に育てられはじめる。「あの空や、土や、真夏の太陽」が、彼らの内部に、歴史を超え、政治を超えるもののごとくひろがりはじめるのだ。それは、彼らが現実の空や土や太陽に思いを寄せ、季節と自然に従順に、抒情しようとしたことを意味するものではない。逆に、あの空も、土も、真夏の太陽も、すでにどこにもないのである。つまり、それらはシンボルとして彼らの中に生きているのであった。言いかえれば、《言葉》として生きているものにほかならなかった。だから彼らが、それらの空や土や太陽の中に、かれらの「存在の暗号を解く鍵」を求めて歩みはじめたとき、彼らは一様に、言葉の中へと歩み入らざるを得なかったのである。彼らがやろうとしたことは、いってみれば、個人的な神話、自家製の神話をつくることにほかならなかった。歴史主義の網の目によっても、政治主義の網の目によっても掬いとることのできない領域に、すでにはみでてしまっている自己を自覚した青年が、自らのうちに輝いているイメージとしての空や土や太陽に接近しようとするとき、彼のうちに突如尨大な海のごとき拡がりをもって自覚されたのは、《言葉》の世界であった。

このことを僕は、正確に僕自身の経験として語っている。そして、こう書きながら、その当時(すなわち一九五〇年ころにはじまる数年間)に、僕自身も同人の一人に加わっていた川崎洋、茨木のり子、谷川俊太郎、友竹辰、水尾比呂志、中江俊夫、岸田衿子、吉野弘らの「櫂」や、堀川正美、山口洋子、山田正弘、江森国友らの拠っていた「氾」、また飯島耕一、岩田宏らを含む「今日」さらには安水稔和、嶋岡晨、入沢康夫といった同世代の詩人たちの作品を読みながら感じていた、ある種の共生感、直観的な了解の感じを、再びまざまざと僕自身のうちに甦えらせている。

飯島耕一が、

鳥たちが帰って来た。
地の黒い割れ目をついばんだ。
見慣れない屋根の上を
上ったり下ったりした。
それは途方に暮れているように見えた。

空は石を食ったように頭をかかえている。
物思いにふけっている。
もう流れ出すこともなかったので、
血は空に
他人のようにめぐっている。

（「他人の空」）

と、今ではあまりにもよく知られている初期詩篇でうたったとき、そこには岩田宏のいう「貧血状態」にある青春の肖像が、きわめて正確に描きだされていた。そして、さらに注目すべきことは、血が空に「他人のようにめぐっている」ことを認識している点において、この青春は、すでに、さまざまな秩序からはみ出てしまっている自分自身の対象化を、さりげないナイーヴな表現を通して、成しとげていたということである。これは、たしかに、新しい感受性の登場を語っていた。生硬な、観念的な語彙に頼ることなく、対象化された自己をイメージの領土に放してやること、これはこの世代の詩人たちが、ほとんど一斉に獲得した詩的方法だったのである。飯島耕一はやがて、「見えないものを見る」ことを主張するために、まさにこの一句を題名とする詩を書いた。そこでは彼は、あらわな主張を一語も語らずに、すべてをイメージによって語りつつ、「見えないものを見る」というひとつの主張を生きてみせた。

雪というイマージュが
泥濘としか結ばれようとしない
かわいそうなやつら。
眼をとじたとき
最初にこみあげるイマージュが
ぼくらの　魂の色だ。
火の色、雪の色。瞼の裏側の暗室は
すりガラスがはりめぐらされていて、
血だらけのメスやガーゼが
つめたい水道管の水に　洗いながされる。

美しい鳥たちの羽毛は
密生した花びらとなって　夜気にふるえ、
一つ一つの　窓に倚る女たちの
あのありふれたスカートや　胴衣さえ
暁の舌にとけて行く
こんもりした木立のみどりの条《しま》に変色する……

ここに出現し、流動状態をふしぎなほど生き生きと保ったままで、言葉として定着されているイメージの群は、いわば、飯島がここで提出している言葉をかりれば、「魂の色」という、まったく不可視の、それ自体イメージにほかならない現象の、現実世界への顕現なのである。〈超現実〉と人が呼ぶところの状態が、すでにここに感知され、むしろ触知されているといっていいのである。そのような状態をすでに予感しているひとつの魂として、飯島は同じ詩の中で次のようにも書いた。

悧口なやつらは　死んだあとまで悧口だ。
決して女たちを愛したことの
なかったように、
草むらになってふまれることも
いとうにちがいない。

ぼくらも死ぬ。ただぼくらは
汚ならしい希望に
だいなしにされて死ぬのではないのだ。

悧口なやつらは何でも知っていて
ぼくらは世界に生れたばかりだ。

飯島耕一は、女たちを愛し、草むらになってふまれることを希い、そのような願望の形象化を通じて、世界との最もナイーヴな共生への方法論を語った。だが、ナイーヴな感受性は、もちろん別のあらわれ方をもする。堀川正美の初期詩篇（詩集『太平洋』の分類でいえば、「i 航海と探険」および「ii 声 その他の詩」の二章におさめられた、一九五〇年から一九五六年にいたる諸詩篇）では、ナイーヴな感受性が、歴史や政治の次元を超えて、神話の世界に深く突き刺さってゆき、そこで言葉の豊満な幻想的肉体と、詩人の生涯にたびたびは訪れることのないであろう幸福な合体を遂げているのがみられる。

火は人間を滅し　再生する　月道から日道へと　おのれからおのれでないすべてのものの把握へと　いつも道は断ち切れ　世界の空隙があらわれる　その斜面でわれわれは労働する　虚空を朝のようにブラーマが過ぎ去ったときわれわれは大声で自分が何者であるかを問うた　空

隙がしずかに揺れてわれわれを沈黙させる　われわれは冥府の落葉であり　それからわれわれ自身を耕す民だ　一瞬のうちに過ぎてゆく一億年の斜面から斜面へ

夢は梵のマーヤだ　夢と　物質の運動の間には生成の始めと終りがある　その極には最大の果実がみのり　その重さは宇宙にひとしい　その重さは選ばれた幼児の掌に支えられる　約束の地　われわれは星雲にむかって開くひなげしを信ずるだろう　日輪を目にするたびに日輪を信ずるだろう　幼児はわれわれのすべてでありわれわれはひとりの幼児だ　砂塵のうしろの大気と輪光　往来する旅人たち　その廻転とともにわれわれはあなたの指となり　手となり　腕となり　吐く息　見えるものを見るもの　語ることを語る言葉となるだろう　あなたに仕える世界の実在とともにわれわれは　愛して滅びることがないだろう

（「月道から日道へ」）

「われわれ」は、「あなた」と呼ばれる何者か――ブラーマとして、梵として、みずからを存在させている何者か――の、手であり、腕であり、吐息であり、眼差しであり、言葉である。そしてそうある時のみ、「われわれ」は、「愛して滅びることなく」生きつづけることができるであろう。この詩を内側から膨らませている力は、このような詩人の信条にほかならない。それは、ナイーヴな感受性が、極大の世界的現象との合体において、最も深い幸福感とともに世界に現に生きるためにわがものとした、ひとつの方法論でもあった。

詩というものを、感受性自体の最も厳密な自己表現として、つまり感受性そのもののてにをはのごときものとして自立させるということ、これがいわゆる一九五〇年代の詩人たちの担ったひとつの歴史的役割だったといえるだろう。それは、ある主題を表現するために書かれる詩、という文学的功利説を拒み、詩そのものが主題でありかつその全的表現であるところの、感受性の王国としての詩という概念を、作品そのものによって新たに提出した。その意味で、一九五〇年代の詩は、何よりもまず主題の時代であった「荒地」派や「列島」派に対するアンチ・テーゼとして出現した。僕はかつて〈肉声〉でうたうことの必要について書いたことがあるが、そこで用いた〈肉声〉という直観的な概念の内容を、もっと分析的に説明すれば、右にのべたような性質のものだったのだということができる。さきにあげた「櫂」「氾」「今日」その他の詩人たちから、一九五〇年代末期の「鰐」に至る、この時代の一群の詩人たちは、感受性そのものを、手段であると同時に目的とする詩、言いかえると、言葉の世界への一層深い潜入ということが詩の目的そのものでありうることを、彼らの詩そのものによって語っているような、そんな詩を書きつづけてきた。それはたとえばどのような詩であったか。谷川俊太郎は次のようにうたう。

世界の中の用意された椅子に坐ると
急に私がいなくなる
私は大声をあげる
すると言葉だけが生き残る

神が天に嘘の絵の具をぶちまけた
天の色を真似ようとすると
絵も人も死んでしまう
樹だけが天に向かってたくましい

私は祭の中で証ししようとする
私が歌い続けていると
幸せが私の背丈を計りにくる

私は時間の本を読む
すべてが書いてあるので何も書いてない
私は昨日を質問攻めにする

（『62のソネット』・31番）

このような詩は、日本の近代詩において、かつてほとんど気付かれたことのない方法によって書かれているのである。つまりそれは、感受性そのものの祝祭としての詩なのであって、この詩のリアリティは、かかってその一点にある。さもなければ、この詩の第一連四行のような不条理な言葉の進行は、そもそもあり得なかったであろう。論理的な観点からするなら全くあり得ないこのような表現が、にもかかわらず、あるリアリティをもってわれわれに迫ってくるのは、それが感受性の祝祭としてのコンティニュイティを底流としてもっているからにほかならない。

川崎洋が、たとえば次のような問いかけを空に向かって発するときも、同じような観察をすることができる。「星」と題する詩の中で、川崎洋はうたっている。

あの散らばりのなかには
何かのあるふぁべっとがあるのではないか
小枝で編んだ小屋のいくつかを
星座のように蔵い込んでいる夜の山々のように
そうではなくて
わざとばらばらにひかって
つらならぬとみせたり
不意に竪琴になってみせたりして
その何かをかくしているのではないか

ここで川崎洋が見ている星は、現実の夜空の星でありながら、たちまちにして彼の感受性の飛躍とかくれんぼに満ちたてにをはに変身してしまっている。

だが、感受性の祝祭が、現実には言葉の世界の中で実現されるものでしかないということは、詩人に常に、「言葉」と「行為」とのあいだの、めまいのする断絶について反省させるであろう。人は言葉の世界に深く浸れば浸るほど、行為の世界からは遠ざかるという、まことにありふれた事実が、詩人の背後でつねに彼を脅やかす。言葉を生きることがすなわち詩人の行為である、と言いきることはできても、それもまた言葉でしかないという声が彼を追いかける。言葉の世界に深入りする者は、この悪意にみちた言葉の復讐を必ず受けねばならないのだ。おそらく、高野喜久雄の詩の最も重要なモチーフがそこにある。「独楽」というよく知られた代表作は、即自と対自に分裂した自己自身の統一《アイデンティティ》を取戻す方途をめぐる苦い独白だといえるが、その分裂の原因をなしているのは、おそらく、人間が言葉を持っているということそのものであって、言葉を自覚的に所有するということは、人間を即自と対自に分裂させるのだ。高野喜久雄が「人は空を病む」という詩の中で次のようにうたったとき、この問題が詩人の前にどっかと腰を据えていた。

かくべきものを持たぬとき人は詩をかき
人は絵をかいた
人は何故「何故」と問うのか
と問い続け
人は出会うしかなかった　向き合う鏡さながらに
人は互いのうつろをうつすしかなかった

言葉と行いとは何時も逆を向き
何時も別々に歩いて行くほかはない
その為に引裂かれ　その為にうめきのたうつ肉体さえもなく
言葉にも行いにも背かれて
人ははじめて　罪の深さをのぞきみる
唯　おろおろとうろたえる

（「人は空を病む」第二・三連）

安水稔和が次のように言葉に対する信と不信の葛藤をえがくのも、同じ問題に触れてのことだろう。

これ以上たどれない。
暗い森はいたるところにある。
本当のことをいうためには
しかし
何かを殺さねばならぬ。
言葉は死なねばならぬ。

本当のことをいえば
私は言葉を信じていない。
崖から石を落すように
言葉は落すしかない。
言葉が落ちる
崖の下には
きまって森がある。
これ以上たどれない
のではなくて
これっぽっちも
たどれていないのだが。
言葉の行方はつきとめねばならぬ。
枝折って
指折って
森のなかを
くまなく探さねばならぬ。

(「言葉」)

「本当のことをいうためには……言葉は死なねばならぬ」という認識が一方にあり、他方に、しかし、崖の下へ落としてやった言葉が隠れてしまう森の中を、くまなく探しながら、「言葉の行方はつきとめねばならぬ」という当為がある。この認識と当為の矛盾の中に、人間存在の行為の原動力がある。詩は、ついに再びそこへ戻ってこなければならない。言葉の世界の中に浸って、みずからの感受性の祝祭の、孤独で全能な祭司であり続けるなら、人はいかに幸福なことであろう。だが、人は行為の方へ、歴史の中へ、時代の中枢へ、いやおうなしに突き戻される。しかもそれは、まさに人間が、言葉を所有し、言葉によって生き、言葉を生き、言葉そのものでさえある存在だからにほかならない。歴史を、社会を、成立させている紐帯はまさに言葉にほかならず、言葉あるかぎり、人は歴史をも社会をも逃れることができないのである。超歴史主義の立場に立とうとする者も、そのような立場に立つ者として歴史の内側に位置せしめられる。

堀川正美が、さきに引いた詩のような作品群を書いた時から、ほぼ十年を経て書いた近作、「新鮮で苦しみおおい日々」の冒頭に、「時代は感受性に運命をもたらす」という一行を置いていることは、右のような観察に照らしてみると、実に意味深いといわねばならぬ。

時代は感受性に運命をもたらす。
むきだしの純粋さがふたつに裂けてゆくとき
腕のながさよりもとおくから運命は
芯を一撃して決意をうながす。けれども

自分をつかいはたせるとき何がのこるだろう?

この第一連に、一九五〇年代後半から一九六〇年代前半にかけての一時代、すなわち安保闘争をその真中にかかえこんだあの激動の数年が、詩人の感受性に対して迫った自己自身との暗澹たる闘いの反映を見ることは、たぶん許されることであろう。

ここには、菅谷規矩雄がいみじくも「詩の逸楽の時期」と名づけた、「書くもののアドレセンスと享受するもののアドレセンスが合してひびきあい、歌うことのまぼろしを、あざやかにうかびたたせた数年」(菅谷規矩雄「詩の逸楽・詩の苦痛」)の時期、僕流にいえば、感受性の祝祭としての詩が、詩人ひとりひとりの個性を存分に発揮させながら、全体としては鮮やかに戦後詩の〈肉声〉をおしひろげた時期への、ひとつの訣別があるといっていいだろう。堀川正美がこの詩の最後を、

ちからをふるいおこしてエゴをささえ
おとろえてゆくことにあらがい
生きものの感受性をふかめてゆき
ぬれしぶく残酷と悲哀をみたすしかない。
だがどんな海へむかっているのか。

きりくちはかがやく、猥褻という言葉のすべすべの斜面で。

円熟する、自分で歳月をガラスのようにくだいて
わずかずつ円熟のへりを嚙み切ってゆく。
死と冒険がまじりあって噴きこぼれるとき
かたくなな出発と帰還のちいさな天秤はしずまる。

と書いて終っているのを読むとき、僕はここに、押さえようもなく響いている一種の悲歌のトーン、鎮魂歌のトーンを聴きわける。かつてインドの古代神話の世界にさえ、幸福感に溢れた飛翔を試みることのできた若々しい感受性は、今、歴史的現在の中へたちかえって、「かたくなな出発と帰還のちいさな天秤」の揺れに、みずからの位置をたしかめているのである。

このような詩を、この章冒頭に引いた谷川俊太郎の「変則的な散歩」と並べて眺めてみれば、そこにはおのずと、いわゆる一九五〇年代の詩人たちが経てきた精神の旅の、一到達点が見出されるであろうと僕は言いたい。それはかつてのように、自己自身をほとんど意識しないですましうるほど幸福感に溢れていはしないが、その代り、自己を対象化しつつ同時に一層自己自身であろうとする方途の探究において、一層細心かつ決断的になっているということができる。それは、感受性の一層の深化、強化なしには乗切ることの出来ない、孤独な航海である。歴史主義、政治主義への反撥も、いったん時代を通してしまえば、非歴史主義、超歴史主義、反歴史主義、また非政治主義あるいは反政治主義という形で、歴史や政治と関わらざるを得ない。「貧血状態のなかで新しいメタフィジックを創り出すこと」に対する共感を、あのように正確な描写の中に語った岩田宏が、いわ

ば貧血状態のなかで創り出された激烈な言葉のフィジックスの行使者として登場するのも、このような闘技場の中へであった。

言葉のエネルギー恒存原理

入沢康夫の第一詩集『倖せ　それとも不倖せ』（一九五五）の巻頭には、「失題詩篇」と題する作品がおかれている。

心中しようと　二人で来れば
ジャジャンカ　ワイワイ
山はにっこり相好くずし
硫黄のけむりをまた吹き上げる
ジャジャンカ　ワイワイ

と始まるこの作品、さらにこれに続くいくつかの作品は、痛切な個人的体験を詩化するに当って、虚構のパターン、――入沢康夫自身の言葉を借りれば、「擬物語詩」の「図柄」――をきわめて自然に織り成しうる詩的感受性の所在をあきらかに示していた。「非現実的事件の擬叙述は擬物語詩の『図柄』を構成し、その図柄は現実（総体的現実）を写す器（あるいは映す鏡）、つまり『現実関係の総体性に対する理想的な言語類同物』であらねばならぬ」（「あもるふ」72号、「擬物語詩の可能性」）と入沢康夫は最近の詩論で書いているが、この詩人の作品を最初期までさかのぼって眺めると、そこには、やがて右のような主張に結実するはずの詩的傾向が、すでにはっきりと認められることに気付く。ある詩人の一貫性、持続性は、十年、十数年を経てますます明らかに全体の脈絡を浮かび上らせるように働らくものである。第一詩集にあらわれるその詩人の感受性の宿命は、決して本質的に変るものではない。ということは、詩人には固有の時間的経歴があって、それから逃れる術はなく、ただそれをたえず掘り起してゆく作業の持続性によってのみ、その詩人の真正さ、純正さが保たれるのだということであろう。

『倖せ　それとも不倖せ』は面白い編集の詩集であって、二冊でひとつの詩集を形づくっている。いわば正篇と補遺篇、ないし上部構造と下部構造ともいうべき一対を、この二冊で形造っている。補遺詩篇の方が数が多く、全体に習作的、実験的であって、正篇の詩は、この補遺詩篇を土台にして建てられた建築群のような形になっている。補遺篇の巻末に、小海永二、葉川眺の二人による入沢論が収められているが、とくに小海永二の詩人論は、入沢康夫の詩のプライヴェートなモチーフを具体的に指摘している。それを実際の詩が与える普遍的な感銘と照応させてみると、なかなか面白い。ここではそれについてこまかく論じる余裕はないが、たとえば補遺詩篇の中に収められている次のような作品を、現在の入沢康夫の詩法的探究と照らし合わせてみれば、この詩人が、プライヴェートなモチーフを詩化するに当って、若年のころからすでに独特な虚構への方法意識をもっていたこと、それがたとえば『ランゲルハンス氏の島』のような異色の物語詩を生み、『季節についての試論』や最近作『わが出雲・わが鎮魂』にいたるまでの、言語的図柄の緻密に織られた一連の織物ともいうべき詩を生んでいることに気付くのである。「作文のおけいこ」という副題のある作品で、題名は「売家を一つもっています。」

・私が手の中にもっているものをあててごらんなさい・彼は夜の間に出発する・その音楽教師は死んだ・彼はひたいに矢をうけた・牛の角をおらんばかりの烈風・中央停車場でおまちします・あのしぶい顔をして彼がやって来る・休日は何日ですか・悪漢が一婦人からハンドバッグをうばった・彼は承諾をためらう・且又彼女はとても美しい・花が地面にちっていた・我々は愛し合っていた・彼女はねまきのままでいる・ボルドオは西部フランスにおける非常にかっぱつな商港である・それらは箱の中にある・六月の美しい朝のことでした・囚人たちは百人づつ組を成していた・鳥は塔の方へとび去る・今朝の新聞で偶然彼の死を知りました・少年たちが上手な手ぎわで石を投げる・どういたしまして・おたより下さい・一つの花もありません・彼は夜の間に出発した・休日は何日ですか・私は債務を果した・どういたしまして・彼女はねまきのままでいる・私の時計は毎日十分おくれる・花が地面にちっていた・どういたしまして・四五日私はあの女にあわないでしょう・草をたべて生きている動物はかなり多い・私は意見をかえた・あいつはそれを自分で招いたのだ・どういたしまして・私は鉱水をのむ・どういたしましまして・お前は勇気がないぞ・どういたしまして・私は死ぬほどつかれていた・どういたしまして・どういたしまして・あのしぶい顔をして彼がやって来る

全体としてはこの作品はナンセンスである。しかし、そこにはある種の統一感があり、その統一感のよって来たるところは、たぶんいくつかの繰返される言葉（「あのしぶい顔をして彼がやって来る」「彼女はねまきのままでいる」「どういたしまして」「花が地面にちっていた」「彼は夜の間に出発する」等々）が読者のうちにこだまさせる、あるプライヴェートな体験の、一貫する主調音にもとずいている。一見、昭和初年代の形式主義的なモダニズムと同種のものと見えながら、この作品がどこか悲劇的な感情の痛みを感じさせるのも、それに起因しているだろう。だからこそ、この詩のナンセンスな構造が、総体としてひとつの統一性と暗示性を持つことができたのだと思われる。『禿の女歌手』のような作品を書いたヨネスコの、厳粛にナンセンスである世界の追求も、方法的にはこれと同様のところから出発していたと僕には思われる。（ヨネスコのエッセー「言語の悲劇」参照）

このように、現実のプライヴェートな感情なり出来事なりを、あたかもはじめて習う外国語の教科書で出会うような定義的なスタイルでナンセンスに記述してゆく方法は、当然、現実に生じた出来事のリアリスティックな再現、叙述ではあり得ない。つまり、擬叙述の擬物語詩というひとつの方法がそこから当然発生してくるわけだが、これを言語の面に即してみるなら、そこには言語それ自体の自律的な役割と価値の拡大という性格が、不可避的に伴なってくるであろう。それは可視的な現実の忠実な再現を目指すものではないから、一見したところ言語破壊の相貌を帯びざるを得ない。言葉はそれ自身のうちに有機的構造をもつ組織体であり、われわれの合目的的な秩序意識をたえず裏切るものとして、われわれの前にあらわれる。それゆえに、言葉はわれわれの矛盾と錯誤にみちた生存様態のあらわれそのものとして、より深い意味でのリアリズムの成立を可能にするものと考えられた。虚構がすなわちリアリズムでありうる可能性が、そこに望見されているのである。

岩田宏の語呂合わせや頭韻法の極度の使用による言葉遊びが、ナンセンスであって同時にきわめて厳格にリアリスティックであるひとつの詩法にまで結晶しているのも、岩田が言葉のこのような性質をたえず打撃し、掘り起しつづけているからにほかならない。

岩田宏とはずいぶん異質な詩人、那珂太郎の場合でも、同様な現象がみられよう。那珂太郎の詩集『音楽』は、全篇をあげてこの問題への独自の接近戦を試みている。「無とはなにも無いのではない。それは在るところの無であり、息づいてゐる無、波だちをののきうごめくところの無である。すなはち、そこに音楽が鳴るゆゑに、もしくは音楽を鳴らさうがために、ひとはことばを発する。世界の本質が無であるやうに、ことばを生むことはいのちの本質にかかはることであらう。生まれたものは、これを生む主体から独立した一つのものであり、生む主体は生むといふいとなみによって生まれたものと切りはなされ、これを自立させ、みづからはつねに無につきかへされる。ことばが無を露はすものであるか、これを隠すものであるかをしらぬ。ともあれことばは無のいとなみによって生まれたものゆゑに、特定の個人の所有物ではない。云々」と『音楽』の跋文はいっている。ここでいわれている「無」の概念は、必ずしも充分に説明されているとはいえないが、少なくとも「有」に対立する概念としての無ではなく、有と無の相対性をさえ無化するところの、ある働きそのものを指しているのであろう。そのような働きは、言葉と沈黙とのあいだでたえず生じている交流の根源にもあるものである。言葉は沈黙から発して虚空にみずからの形を刻みつける。だが、沈黙と言葉とは対立するものではない。言葉は沈黙から自らを解き放って自立するが、そのおもむく先はふたたび沈黙にほかならないのであって、その意味では言葉とは沈黙から沈黙までの飛翔過程にほかならない。この過程において、ある種の言葉が人をその存在の根源にまで貫き通すということが生じる。古来、歴史の経過に耐えて残って来た言葉は、すべて何らかの形で、この驚異を実現した言葉であった。しかも、ここで注目すべきことは、その種の驚異的な言葉こそ、実は最も豊かに沈黙を含み、かつ人を沈黙に誘うものであったということである。このことは、言葉と沈黙との関係が、単純な対立関係ではなく、そのような相対的分類をこえたところで生じている言葉と沈黙の交流、その働きそのものこそ、両者の真の関係であることを示している、それこそまた、那珂太郎がいっている意味での「無」の状態であろう。そして、そのような状態が存在することを確信すればこそ、詩人は言葉をどのようにも変化させ、変形させることができた。いずれは沈黙にかえり、ニヒルにかえるものであることにおいて、言葉は生命の最も端的なシンボルであり得たのであり、それゆえに、それが言葉として顕現しているあいだは、いかなる奇異な言語実験も、本質的に（死をも含めて）生命のあらゆる徴候を示すものであった。こうして、たとえば『音楽』の中の注目すべき作品「〈毛〉のモチイフによる或る展覧会のためのエスキス」がわれわれの前におかれる。その一部分を引こう。

d

ゆらゆりゆるゆれゆれる藻
ぬらぬりぬるぬれぬれる藻
もえるもだえるとだえるとぎれるちぎれるちぢれるよじれるみだれる
みだらなみづの藻のもだえの毛のそよぎ

e

目々しい目
耳っ血い耳
鼻々しい鼻
性々洞々
すてきなステッキ
すて毛なステッ毛

『魚のなかの時間』という、どこか初期のシュペルヴィエルの歌声を想わせる透明な孤独感にみちた詩集によって出発した中江俊夫が、今「語彙集」という連作によってやろうとしているのも、いわば言葉のデペイズマンである。(デペイズマン dépaysement というのは、ある人間を生れ故郷から別の土地に移し、異なった環境の中へ投げこむことを意味するフランス語だが、シュルレアリストたちは彼らの芸術の方法を語るさいにこの言葉をしばしば用いた。あるイメージなり言葉なりを、通常のコンテクストから切断して別の図柄の中に投げ入れ、全体の意味を異常なものに変えてしまうことを意味している)。つまり、言葉の関節を脱臼させ、その上でそれがどのように自律的な運動を開始し、どのような再組織をみずからやってのけるかを見とどけようとする、ニヒリスティックな意志が、中江俊夫のこの種の試みの奥底にはある。

僕はかつて中江俊夫の第三詩集『拒否』について書いたとき、谷川俊太郎と中江俊夫の近親性について、「『二十億光年の孤独』や『六十二のソネット』の世界と『魚のなかの時間』の世界とは、距離の感覚が実在の世界に先行しているとでも言えそうな透明さにおいて、ひどく共通な性質をもっていた」と書いたことがある。たしかに、中江俊夫もまた、僕が第四章(編注)でふれた一九五〇年代の詩人たちと出発点を共有していたのである。そしてそのような詩人が「語彙集」の言語的脱臼の試みに進んでくるまでには、内発的衝動としての詩的秩序破壊の欲求が、何冊かの詩集のすべてを通じてしだいに強化されてきたという過程があった。『拒否』の中の、

自分をなくすこと、なんでも。聞こえなく、言えなく、見えなくなること。さがす人は、自分をさがすが、あなたでもない、誰でもない、何でもないものとなる。

(「なくす」)

というような一節は、いわゆる詩の解体というような試みに進んでいく詩人の、根源的な姿勢がどのようなものであるかを端的に示しているだろう。「自分をさがす」こと「即ち何でもないものと

なる」ような自己凝視の体験は、詩人をして、自己の側にではなく、むしろ物の側につくことを誘いかけ、強いるだろう。自己の側から物を見るのでなく、物の側から自己を見ること――これは、僕がさきに（第三章）物憑きの思想として論じたところにほかならないが、中江俊夫のこのような詩も、そういう思想のあらわれを示していよう。このような世界に入りこむやいなや、人は通常の言葉の秩序からはみ出てしまうのである。「マイムや最も単純なことば、それに音楽だけが生活を支配している世界。そうした場所を想像しながら、僕は既に熱病やみの患者のように譫言をいい、ちゃんとしたことばの証言をたびたびこばんでいる。」（「言葉」）と中江は別の詩で書いた。このような地点から「語彙集」の試みまでは、もはや必然的な深化の歩みしかあるまい。「語彙集」はまさに語彙の集成であって、美的評価を最初から拒否しているようなものだが、しかし、最初に選びとられた語彙によって、その後に展開する言葉の自律的世界の図柄が、かなりの程度まで決まってくるように思われる。そこに、しばしば非常に美しい展開が約束される。

熊わらび
みどり姫わらび
しのぶ
強姦たちしのぶ
姫こけしのぶ
鬼こけしのぶ

こけしのぶ
しのぶいので
ほそいので
ひらきでんだ
つるでんだ
あお　ほらごけ
こけ　ほらごけ
鬼　ほらごけ
きくばつるでんだ
たちでんだ
かたいので
いので
子持ちいので
ちゃぼいので
へびの寝ござ
岩かけわらび
赤花わらび

（「第二十三章」冒頭）

天沢退二郎が次のように言うときにも、彼が明かにしようとしている問題点は、以上みてきたところとそれほどかけ離れたものではないように思われる。

「……私にとって詩とはどういうものかという問題は成立ちようがない。私にとっての――という発想はおそらく私の詩には関わりがないのだろう。私にとっての詩は私にとっては何ものでもない。詩のなかで私には自分及び自分にかかわるいっさいが見えないのだから。見えるのはただ二つの世界――ある世界とない世界とだけである。（中略）まことに多くの人びとにとっての平均的で同時に個別的な詩の観念がある。しかし私にはいっさいの対象化に逆らう本質が詩にはあるような気がしてならないのだ。ほんとうは詩について語ることはできない。できるのは詩を生きることだけである。それなのにいま私たちが、《詩》を語ることができるかのような状態に身をおいているのは、主題に仕える精神たちによってそれが外在化されているためなので、その外貌のすべては私たちにとって過渡的、相対的な幻像なのだ。それゆえ私たちが詩を読みあるいは詩を書くという営為は、そのような幻の外貌を打ちこわしていくことでなければならないのだ。」

（「わが現在詩点」・「南北」一九六七年二月号）

詩のなかにいるとき、見えるものはただ二つの世界、すなわちある世界とない世界とだけだ、という省察は鋭い。たしかに、〈書く〉状態とは、自己自身を、ある世界か、またはない世界かに溶解させている状態であって、人は書きながら同時に書きつつある自己を見つめつづけることはできない。

もっとも、これは格別新しい発見というわけではないだろう。天沢退二郎があるいはその名を聞いて舌打ちするかもしれぬポール・ヴァレリーは、この種の問題に関して言うべきことの多くをすでに言っているように思われる。

いずれにせよ、天沢退二郎が右の引用文の中で言おうとしたことを僕流に言い直すなら、彼はこう主張しているのではなかろうか。すなわち、「私」について語ろうと思うなら、あなた方は、私にとって詩とはどういうものか、という形ではなく、逆に、詩にとって私とはどういうものかという形で、最初から詩の内側に投げこまれている「私」を語るべきであり、さもなければ、詩についても私についても語ってくれるな、ということである。「私にはいっさいの対象化に逆らう本質が詩にはあるような気がしてならないのだ。ほんとうは詩について語ることはできない。できるのは詩を生きることだけである。」という主張も、そのような思想の系として理解することができる。ここには、詩についての極度に情熱的な夢がある。天沢退二郎の論旨には、時折り僕には捕捉しがたい暗喩と論理の混淆が現れて僕を悩ますことがあるが、少なくともここで、彼が詩というものを「平均的で同時に個別的な詩の観念」によって細分化し、分析しようとするあらゆる考え方に対して、絶対的な断固たる拒絶の一撃を与えたいと熱望していることだけは明らかだろう。

それは必ずしも充分説得的に主張されているとは言いがたいが、ともあれ天沢退二郎のこのような思想は、いわば詩の絶対主義ともいうべき姿勢によって、今日の尖端的な位置に立っている。ただし、それは充分説得的ではないという点に問題があるだろう。というのも、詩がいっさいの対象化に逆らう本質を有していることはたしかであるにもかかわらず、詩は依然として一方では対象化されうるし、語られることができるからである。「詩を生きる」ことと「詩について語る」こととは、必ずしも矛盾しない。それは何も、詩について語る精神が、「主題に仕える精神」によって骨抜きにされているからではない。そうではなくて、詩が言葉で語られ、書かれるものであるかぎり、それは対象化に逆らう本質と、対象化されうる本質とを、あわせ持っているからにほかならない。さもなければ、「詩集」を編むということ自体不可能となろう。

言葉はそれ自身を意味、音声、文字としてたえず対象化し、外在化するシステムだが、まさにそれゆえに、その働き自体は、対象化され得ず、外在化され得ないものでありつづける。そして、この働きそのものが、つまり言葉にほかならなかった。対象化された言葉を対象化した、対象化されぬ言葉があるのだ。そして、詩はまさに言葉のこの両面性のあいだで、たえず行為しようとしている何かにほかならない。それは、行為するが、行為のさなかにあってみずからを対象化することはない。その行為の結果としての詩篇が、対象化されたものとしてわれわれに残されるだけである。

だから、詩は、必ずしも常に主題によって先行されてはいないが、言葉によって常に先行されているのである。

言葉そのものの世界へと、より深く、より非意図的に潜入してゆこうとする、最近の詩のいちじるしい特徴は、このような観点から見るなら、詩それ自身のふるさとへ向っての、より意識的で自覚的な攻略の試みにほかならないことが理解されるだろう。天沢退二郎の現在までの作品中、おそらく最もすぐれたものである「わが本生譚の試み」の諸詩篇は、彼の説明不足のエッセーよりも遙かによく、このような攻撃の実況を示している。

今は無数のしかし唯一の恋人を追って
とうもろこしの打寄せる言葉
海から吹く熱い唾に胸はとどろき
舌を出せば呼び水かぎりなく
縁《へり》のないヨブ記のガラスを吸わぶり
夜は昼昼は娘と石に滲《し》みて
くらす双子の家のあいだを
行ったり来たり魚屋の埒もなく
低い鋳型の雲に南の星をうがち
頰肉ソテーにホーズキをそえて
道に面した己れの恥の神に売りつけ
もし偏西風イボをはずすときは
おっとり刀に血ぬって千里を飛ぶ
もちろん恋しい人の千の失言に跨がってだ

そのときも巷はきれぎれのヒモの時刻

生誕のさきへのばす手は皮袋なし
石のドブが上から次々にあふれる
長い壁を愛撫する下腹にきらめくガン
そして衝動的に田舎娘を口から吐く

（「田舎生れ」より）

天沢退二郎の詩におけるイメージの結晶の仕方は、しばしば読む者の感覚の鼻面をとって引き廻すような暴力的性格をもっていて、それが成功した場合には、一種の放れ業の成就といった華々しい印象を与える。それに対して富岡多恵子の近作詩篇（正確にいえば、第三詩集『物語の明くる日』以後、とくに、『富岡多恵子詩集』の「拾遺八篇」、「女友達」、「近作十六篇」）は、すべて、言葉の通常のシンタクスを突き崩して、言葉の意味と無意味の両面を同時的に貫き通し、照らし出す、たんげいすべからざる試みにおいて一貫しているにもかかわらず、そこにあらわれる語彙は、あくまで現実生活に密着していて、われわれの感覚を暴力的におびやかしに来るものではない。白石かずこの場合にも似たようなことがいえるが、方法的な一貫性と純度において、富岡多恵子は明らかにユニークな詩風を確立した。

きみの物語はおわった
ところできみはきょう

おやつになにを食べましたか
きみの母親はきのう云った
あたしゃもう死にたいよ
きみはきみの母親の手をとり
おもてへ出てどこともなく歩き
砂の色をした河を眺めたのである
河のある景色を眺めたのである
柳の木を泪の木と仏蘭西では云うのよ
といつかボナールの女は云った
きみはきのう云ったのだ
おっかさんはいつわたしを生んだのだ
きみの母親は云ったのだ
あたしゃ生きものは生まなかったよ

（「静物」）

天沢の詩には、激情的な高まりのはてに、ある種の忘我の恍惚境が出現する瞬間があるかもしれないが、富岡多恵子の詩にそのような瞬間が到来することはありえまいと思われる。彼女の詩は、倦怠と知的覚醒とソフィスティケーションとをもつが、そのすべての背後に、女であることへの怨念のごときものが感じられる。たとえば、『拾遺八篇』中の「たまる」という不思議な迫力をもった散文詩を読めば、そのことが、かえりみるに足るひとつの問題として脳裡に宿るのをおさえることができない。

そういえば、富岡多恵子に限らず、詩の中で忘我の恍惚境に陶酔する瞬間を生みだしている女性の詩人は、われわれの現代詩の中にいるだろうか。滝口雅子、高田敏子、新川和江、日高てる、石垣りん、三井ふたばこ、茨木のり子、牟礼慶子、新藤千恵、岸田衿子、山口洋子、多田智満子、吉原幸子、高良留美子、石川逸子、吉行理恵、会田千衣子など、思いつく名をあげてみて、僕には右の設問がますます意味深いものに思われてくる。これらの詩人の作品のあれこれを想い起してみて、さてそこに、我を忘れて言葉の流動の中に身を没し、歌の状態に自分自身を解き放っていこうという、男の詩人になら数多く見出される精神状態を見出すのがきわめて困難であるという事実は、いったいどういう理由によるものだろうか。

陶酔への欲求には、生理的のみならず、形而上的な飢渇がひそんでいる場合が多いが、女性における陶酔的傾向の欠如は、この種の飢渇の欠如を意味するのか。それとも単に女性特有の慎ましさのあらわれであるのか。ロマンティシズムというものが、本来女性にはあまり縁のない精神様態なのか。たとえば茨木のり子の詩は、市民としての向日的、建設的な社会意識を詩に形象化する上で、新鮮な個性的歌声をひびかせることに成功したし、高良留美子の詩は、物質的なるものへの言語による接近の方法に関して、あるユニークな視点の設置に成功していた。しかし、にもかかわらず、激情の高まりが時に言葉の中へもたらすある種の無気味な他界の消息、その神秘主義は、女性詩人の詩にはあまり感じられない。だから女性詩人は劣っている、などということではない（これは優劣の問題ではないから）が、興味ある問題がここにあることはたしかであろう。

そのような点に関連していうと、天沢退二郎、渡辺武信、岡田隆彦、吉増剛造、長田弘ら、今日の最も新しい詩的世代を代表する詩人たちが、熱烈な感情的昂揚の追求者ないし鼓吹者としてあらわれていることは、やはり注目すべきことであろう。

今読みかえしてみると、何とも調子はずれの甲高い文章で気恥かしいが、一九六三年はじめに、僕は書評紙の詩壇展望欄にこんなことを書いた。「いくつかの焔が燃えあがっているのが見える。それらが見えるということ自体、今のところ仮に観客の姿勢をとっているぼくにとっても、すでに焔への参加であるように思われる。『×《バッテン》』『暴走』『三田詩人』『ドラムカン』といった雑誌のことについて、ぼくはこれまでにも時評を書いたり喋ったりして関心を表明してきたが、これらの若い（では、ぼくはもう若くないというのか）詩人たちへのぼくの期待（何というよそよそしいコトバだ）は、ますます強まっている。たしかに、彼らの中には、過去数年間見られなかった新しい詩的認識の誕生がある。それは、現実認識が詩的行為であり、詩的行為がそのまま現実認識である世代の誕生にほかならない。彼らは、デカルト的な思惟の方法論にはもう決定的に無縁であるような面構えをしている。思考と存在とが合理的な因果関係で結びつけられる古典的な思惟構造は、彼らの中で、きわめて自然に、崩壊している。天沢退二郎でも吉増剛造でも岡田隆彦でも、そして渡辺武信でさえも、今そうした一種の溶融状態の中にいるようだ。彼らの中にシュルレアリスムに始まる二十世紀的なロマンティシズムの流れを見出すことは簡単だが、それをシュルレアリスムやビート詩人たちの『影響』というふうにみることは、たぶんまちがっている。影響という先後関係では言い表わせない、ある種の自発性が彼らの詩の中にはある。云々」

この文章を書いたころには、右にあげた名前はまだそれほど一般的に知られていたのではなかったと思う。僕の語調が妙に昂ぶっているのは、そこに一因があったのだろうと思われる。そういう意味で、これをここに記録しておくこともよいだろうと思って引いたのだが、もうひとつ、個人的な思い出もこれにまつわっている。というのは、この文章が発表されてから少しして、天沢、渡辺から寄せ書きの絵葉書が一枚送られてきた。どこかで酒を飲みながら書いたと覚しい文面で、いたずら書き風にいくつかの言葉が書き散らされた中に、右の文章の「それは、現実認識が詩的行為であり、詩的行為がそのまま現実認識である世代の誕生にほかならない」という一節が、「現実行為が詩的認識であり、詩的認識が現実行為である」と修正されていたのだった。それはたぶん天沢退二郎の字で書かれていたが、読んだとたんに、僕としては「なるほど！」と呻かざるを得なかったのである。「俺も焼きがまわったぜ」と苦笑いしながら思ったことだった。たしかに、彼らは（岡田も吉増も、あるいはまた彼らの同僚たち、鈴木志郎康でも井上輝夫でも山本道子でも）、おそらくみな、天沢によるこの修正に賛同したであろう。僕がうっかり書き記した言葉の観念性にくらべて、修正された方はたしかに新しい詩的世代の気負いと志向を適切に、具体的に表わしていた。長田弘とか八木忠栄がこの同じ大きな流れの中に姿をみせたのも、このころからであったと思う。

「わたしはじぶんの詩を感情のラグビーのように想像するのが好きです。ホイッスルだ、パスだ、ボールを受けたら、タックルを確実に予感しつつしかしトライにむかって全力疾走。とつぜん激烈なタックルがわたしを遮って、わたしをつぶしに襲いかかってくる一瞬、的確で軽快なパス。わたしの詩がそのような疾走でありパスであることを。そして、今度は新しいパスを受けるため、ふたたび全力疾走。」(長田弘「自作を語る」)というような比喩によって詩を語る世代が登場したことは、何はともあれ、現代詩というもののグラウンドのひろがりを証するものに相違あるまい。詩のグラウンドには、実に多くの穴ぼこや水溜りがあって、そういう穴ぼこや水溜りの存在すること自体が、詩の恐るべき魅惑でもあるのだが、青春の真只中にあるとき、人はそういう穴ぼこや水溜りの存在に気づかないか、気づいても無視して走り抜けようとするものだ。長田弘がどこまで、往き往きて、さらに往き往くのみ、という疾走の姿勢を保ちつづけるか、僕は注目している。というのも、僕は、詩のグラウンドでのトライというものが、どこの時空で行なわれるにしても、それはほんとは、常に還りに還りつづけてついに還りつくことのできないある点へむかっての無限収縮の欲望、消滅の欲望とともにしかないのではないか、という感じをもっているからである。

膨脹が収縮であり、前進が後退であり、上昇が下降であり、往きが還りであるような世界を想像することは、つねに僕の心を鼓舞するものであった。そして、すでにしばしば書いてきたように、僕は言葉の宇宙のうちに、そのような、エネルギー恒存原理にも比すべき原理の貫流を見るのである。言葉の世界を貫いているそのような原理によって鼓舞されるとき、人は、自己の消滅へむかっての涯しない過程が、そのまま、世界へむけての自己の涯しない拡大の過程でありうるような、ある均衡の存在を感じとるのである。

その一点を乗りこえて、むこう側に転げこむとき、人は、みずから言葉を発する状態から、一転して、言葉によっておのれ自身を発せられる状態に入ってゆくのである。人間は言葉をおのれ自身に属するものとして、つまりひとつの道具として扱うことに慣れてきたが、実際にはつねに言葉に属する存在でしかなかった。そのことに気付くとき、人は「詩」というものが、直下に、かつどこにでもあるものだということに同時に気付くのである。なぜなら、詩とは、言葉によってある人間が産み出されてゆく状態そのものだからである。

人が詩を書くのではなく、詩によって人が書かれているとしか思えないような作品がある。それこそ、ほんとうの意味での、至福の詩であろう。そのような詩は、しかし決して遠い彼方にわれわれから切離された対象として存在しているわけではなく、逆にわれわれ自身の現在の中、つまりこの現存する言葉の世界に埋もれているのである。

天沢退二郎がさきに引いたエッセーの中で、「私が詩を書くとき私は詩人ではない。私が語るとき、私は宙に浮いて詩の言葉を発している語る唇、人格をもたないひとつの口であり、その口は単にその言葉を発するためだけのもので、他のすべては詩に捧げられた死せる花々となって空を降りこめる。詩を書くことの同時存在としては詩人は存在しないのだ。そして詩は、存在したり存在しなかったりするものではない」と書き、「真の詩は彼方にあって到達しようとしてもとうてい到達できないもの、やってくるもの、起るもの、不意打ちの律動的なハプニングである。そうだ、詩は起るものだ」と書いているのは、僕の言おうとしたことと同じことを言っているとみていいだろう。

天沢のエッセーが掲載されている雑誌の同じナンバーに、高橋睦郎の詩論「詩人の血〈または修辞について〉」が掲載されているが、われわれはそこに次のような一連の提唱を読む。

「修辞とは、詩人が聖言と、したがってまた、聖言の源であり、聖言と同値である詩（ポエジー）とかかわる、ただひとつのことである。……可見の肉としての聖子（ポエム）は、将来において、来るであろうところのものだ。これを産み出すのは、修辞の胎である。……詩人を能動者となすものは、実に修辞だ。……現実性とは、訪問者のもたらす聖言にかかわっている。これに対して、日常性とは、被訪問者の状況の問題である。……現実性は没個性的な問題であり、日常性は個性的の問題である。……日常性は、修辞以前の問題であり、したがって、詩人のあずかり知らぬことだ。……ひとりの聖子（ポエム）の生誕に際して、死の側から、第一原因である詩（ポエジー）が、それと同値である聖言をとおして覗き、生の側から、詩人が、彼の血である修辞でもって受けとめるのだ。」

天沢退二郎という浪曼主義的精神と、高橋睦郎という古典主義的精神とのあいだには、もとより大きな距たりがある（その一因は、おそらく高橋のいう「修辞」に対する二人の観念の距たりにあるだろう）が、にもかかわらず、ポエジー（高橋流にいえば聖言）とポエム（聖子）と詩人との構造的な連関についての彼らの基本的な理解は、一致点をもっていると僕にはみえる。それは、たぶん、言葉というものについての彼らの理解が、一致点をもっているからであると僕には思われる。

（編注）前掲「感受性の祝祭の時代」をさす。

［解説］詩人の責任と使命

野沢　啓

1

大岡信は二〇一七年四月五日に生地に近い静岡県裾野市の自宅に近い病院で亡くなった。享年八十六歳。晩年は旅先で倒れたことが原因で言語に障害がでて不本意な数年となった。

歌人であった父親大岡博の影響もあって幼少期から文学に目覚め、早熟な感受性と旺盛な知識欲を力に、早くから頭角を現わした。生涯を通じて膨大な著作を遺し、その業績がさまざまに顕彰されていることは言うまでもない。

本書はそうした大岡信の仕事を網羅的に抜粋するのではなく、後述するように、大岡がとりわけ若いときに問題意識を研ぎすませたことば（言語）の問題への関心に焦点をあて、そこで論じられた諸問題が日本の詩歌、文学、芸術にとっていかに先覚的であり、いまだに重要な問題を提起しつづけているものであるかをあらためて確認しようとして集録するものである。名のみ先行しがちで、多くの読者がその重要性に十分に気がついていないように思われる大岡信のことばにたいする深い洞察を蘇らせることができれば、本書の所期の目的は達せられる。

2

大岡信はまずなによりも詩人である。初期の大岡はみずからの言語的実践である詩的営為を通じて日本語ということばにたいしてたゆまぬ研鑽をつづけ、それをことばの論理として把握することをみずからに課しつづけてきたように思える。《(詩人は) 彼のヴィジョンだけではなく、日本語に対して責任を持たねばならない》(「新しい抒情詩の問題」本書一二頁) とするような日本語にたいする自覚をはやくからもっていた。

そして詩人でなければなかなか到達することのむずかしい言語感覚をけっして手放さない点において大岡はなによりも傑出した詩人であった。《詩を作る歓びや、その歓びを確実に信じうるものとさせるあの、偶発的と見えて実は深い内的衝動に突き動かされた、言葉の持続的な湧出》(「言葉の問題」本書二四頁) などという文言は、ことばをたんなる伝達の手段とか、せいぜい言って何か言いたいことの言い換えぐらいにしか考えていない通常人には想像することもできないことばへの信頼を示すものである。

そういう視点からことばに接近するとき、ことばはすでに何かの代用物ではない。ことばを考える、そしてそのことばを書く、というのが詩人たるものの使命であり、そのことによってことばにたいする詩人の〈責任〉も生じるのである。そういう見方からすると、大岡にとって当時の詩人たちの問題意識の低さにたいする苛立ちは相当なものがあったはずである。

一体言葉と思考とはどんな関係にあるのだ。――こういうことについてぼくらは日ごろもっと考えていいのではないか。……どうやらこの問題に対して詩人たちがあまりに無関心でありすぎるように思えるためらしい。この問題に対する無関心は、詩人たちが最も身近な現実である自分の思考に対して責任を負うことを放棄していることにほかならないではないか。（同前、本書二〇―二一頁）

若いときの大岡信は後年そう考えられがちなような温厚な思索者ではなく、ときに辛辣な批評家であり舌鋒鋭い言辞をものすこともあって、そういうときの大岡は容赦ない戦闘的な詩人としての姿勢を貫いていく。その点で大岡は誤解されることの多い詩人であったにちがいない。

しかし、大岡信という詩人の真骨頂は、詩を書くという言語的実践が能動的ばかりでなく、じつはことばにたいする受動性において、ことばがその本来の〈力〉をより発揮するということにいちはやく気づいたことにある。

ぼくが困難を感じるのは、決してイメージの結晶の困難さとか、語彙の不足とかによるものではない。（語彙の不足ということは、詩を作りつつある者には本来決して感じられないはずのものだ。なぜなら、語彙の不足を感じうる精神は、より豊富な語彙の存在を心に感じているから不足を感じるにほかならないはずであり、従って問題は語彙の不足にはなくて、語彙を探りあてる注意力の不足にあるからだ）。困難はむしろ、イメージや音や語彙に関する一切の配慮なしでなお言葉を緊張させ、粘着力と飛躍力にみちた言葉の世界を形造りうるだけの力を心内に感じていないと感じるところにある。（同前、本書二四—二五頁）

ここで大岡が言いたいのは、詩を書くという言語的実践は〈語彙の不足〉というような表面上のことではなく、みずからのうちに蓄えられてある語彙がそれを〈粘着力と飛躍力にみちた言葉の世界〉にうまく構成することができない、という詩人の言語表出上の力量不足のことを言っているのである。《言葉の創造とは、単語の創造ではない。言葉の、ある統一的な総合体全体の創造である》（言葉の現象と本質——はじめに言葉ありき」本書三八頁）と考える大岡は一篇の詩とはすでにひとつの〈ある統一的な総合体全体〉であることを了解しているのである。大岡にはこういう認識を示す珠玉の断片が数多く散在しており、それらをいちいち拾っていくことはキリがないのだが、ここでふたつほど紹介しておきたい。そこに大岡のことばにたいする意識が時代を超越した言語の本質への理解に達していることがよくわかるからである。

新しい言葉を創造するということは、こうして、実際には、既存の言葉の体系を衝撃し、いわば古い組織を思いがけない新しい方法で掘り崩し、再発掘することにほかならなかった。「新しい言葉」という実体は無い。新しさがそこにあるとすれば、それは言葉を掘り返すその方法、態度にあるだけなのである。（同前、本書三九頁）

言葉の世界では、発明と見えるものも、常に、すでに存在していた言葉の再発見にほかならないのであって、安手の進歩主義は、言葉の本質そのものによって、あらかじめ決定的に否定されているのである。（同前、本書四三頁）

ここでわたしの問題意識にひきつけて言えば、大岡の言語認識は、ことばという日常的な現実的体系のなかにあっても、ひとつひとつのことばが新しい関係のなかに置かれなおすことによってまったく相貌の異なる関係をつむぎだすことがありうること、そこにそれぞれのことばが認識されてきた意味やイメージが新しい関係のなかでひとつの創造的世界を開示するようになること、わたしのことばで言えば言語隠喩論的な創造性をもつようになることを、〈隠喩〉ということばは使わないまでで、言語的実践のもたらす言語的創造力のはたらきを示唆していることがわかるだろう。大岡はこのことを、自分がことばに所有されることによってことばの自由をよりよく獲得できるという考えで言い表わしている。

自分が言葉を所有している、と考えるから、われわれは言葉から締め出されてしまうのだ。そうではなくて、人間は言葉に所有されているのだと考えた方が、事態に忠実な、現実的な考え方なのである。人間は、常住言葉によって所有されているからこそ、事物を見てただちに何ごとかを感じることができるのだ。自分が持っていると思う言葉で事物に対そうとすることより、事物が自分から引き出してくれる言葉で事物に対することの方が、より深い真の自己発見に導びくという、ふだんわれわれがしばしば見出す事実を考えてみればよい。これは、いわば、意識的行為と無意識的行為の差異に似ているが、要するに、われわれは自分自身のうちに、われわれを所有しているところの絶対者《ことば》を、所有しているのだ。いいかえれば、われわれの中に言葉があるが、そのわれわれは、言葉の中に包まれているのである。（「『現代芸術の言葉』あとがき」本書四六―四七頁）

この、ことばと自分の入れ子構造はことばをめぐる主体性がどこにあるのかということの核心であり、大岡はそのことを確信をもって語っている。詩人のなかにはことばそのものの自発的自立的な創造性よりもことばを意識的に発出する詩人の主体性のほうにのみ価値を見出そうとするものがあとを絶たないが、それはことばのもつ散文性、いわばことばの二次的使用にすぎない辞書的意味、すなわちもともとのことばがもっていた初源的意味の隠喩性、ポール・リクールの言う〈生きた隠喩〉ではない〈死んだ隠喩〉の使用のレヴェルでしか詩的言語実践をとらえられない、創造力の枯渇したひとたちの、飛躍する可能性のない言語実践にすぎないのである。大岡はこの〈ことばに所有されている〉詩人のありかたをみずからの経験のなかからみごとに描き出している。

人間は言葉をおのれ自身に属するものとして、つまりひとつの道具として扱うことに慣れてきたが、実際にはつねに言葉に属する存在でしかなかった。そのことに気付くとき、人は「詩」

というものが、直下に、かつどこにでもあるものだということに同時に気付くのである。なぜなら、詩とは、言葉によってある人間が産み出されてゆく状態そのものだからである。

人が詩を書くのではなく、詩によって人が書かれているとしか思えないような作品がある。それこそ、ほんとうの意味での、至福の詩であろう。そのような詩は、しかし決して遠い彼方にわれわれから切離された対象として存在しているわけではなく、逆にわれわれ自身の現在の中、つまりこの現存する言葉の世界に埋もれているのである。（「言葉のエネルギー恒存原理」本書二〇六頁）

3

大岡信が生前みずから編集したアンソロジーに『詩・ことば・人間』（講談社学術文庫、一九八五年）がある。その「「学術文庫」のためのまえがき」には《詩あるいはことばについて論じた文章を集めて、新たに再編成したもの》とある。本書と重複する部分がすくなからずあるのは事実であるが、大岡自身がみずからのことば論集として考えていたものとはかなり異なる視点から本書は構成されている。わたしの観点からみれば、大岡はみずからの〈ことば〉についての論点が言語の本来的隠喩性における創造性、世界開示性にたいして十分な射程をもっていることまでは想定していなかったと思えるところがあり、ことばの自立性がどういう可能性を秘めているものであるかをことばの論理としては考えていなかった、すくなくとも書いたものにそうした痕跡はほとんどないことがわかる。その意味では大岡のことば論の時代的制約と言語論的関心の希薄さを指摘してもいいかもしれない。本書が編まれる必然性はその不足分を大岡に代わって実践するところにあると言えば、あまりに不遜とされるかもしれない。

しかし、そのことは本書の「II 「てにをは」の詩学」として集録されたブロックが示すように、大岡がそこまで自己評価していなかった（と思われる）日本語の生理としての「てにをは」論を中心に編集していることにその特長が現われているはずである。ここには講談社学術文庫本と重複するところはほとんどない。つまり大岡自身にとってこの「てにをは」論はあまり重視されていなかったことになる。では、なぜ「てにをは」論が重要なのか。

> 「てにをは」とはいったい何のことか。助詞のことにほかならない。広義にとっても、助動詞や動詞語尾、接頭語・接尾語といった付属語の総称である。「言」の「端」という呼名がこれほどふさわしいものもなかろう。しかるに、この、それ自体では自立もできない付属語が、一篇の詩を生かしもし、殺しもするというのが、日本の詩歌の生理にほかならなかった。（「われは聖代の狂生ぞ」本書一一八頁）

大岡信は古典文学をはじめとする日本の詩歌文学にきわめて精緻な理解力と該博な知識をもっていたひとである。それが後年、『折々のうた』として活用されることになるのだが、そこには日本語の情調を的確にあらわす「てにをは」の微妙なはたらき、精密な差異の表現力に精通していることが必要不可欠である。日本語ということばの変遷の歴史に通暁し、とりわけ詩歌の優劣を最終的に決定することばの選択――「てにをは」の確定――こそが重要なのである。その微細な感覚をどう表現するか。

このことを書くのは気が重い。日本語は「てにをは」なしには存在しない言語だからである。そして私自身、詩というものに惹きつけられたとき、「てにをは」の精妙な働きに対する感応を除いてそれが起こりえたとはとても考えられないからである。(「序にかえて――『うたげと孤心』まで」本書一〇五頁)

大岡は「てにをは」について語ることのむずかしさを語る。東大国文科出身の俊英であった大岡は当然のことながら本居宣長の「詞の玉緒」などに端を発する近世以降の国語学、国学思想を知悉していたにちがいないが、その問題を現代において語ることのむずかしさ、奥深さ、はてしなさをも痛感していたはずである。だから《このことを書くのは気が重い》とまっさきに言わなければならなかったのである。周知のように、「てにをは」ということばを最初に大岡がもちだしたのは、『蕩児の家系――日本現代詩の歩み』(思潮社、一九六九年、のち思潮ライブラリー、二〇〇四年)の「戦後詩概観」のなかの一章「感受性の祝祭の時代」においてであった。

詩というものを、感受性自体の最も厳密な自己表現として、つまり感受性そのもののて、に、を、はのごときものとして自立させるということ、これがいわゆる一九五〇年代の詩人たちの担ったひとつの歴史的役割だったといえるだろう。それは、ある主題を表現するために書かれる詩、という文学的功利説を拒み、詩そのものが主題でありかつその全的表現であるところの、感受性の王国としての詩という概念を、作品そのものによって新たに提出した。その意味で、一九五〇年代の詩は、何よりもまず主題の時代であった「荒地」派や「列島」派に対するアンチ・テーゼとして出現した。（本書一七六頁）

ここに見られるように、大岡はみずからをふくむ新しい世代の特徴として《感受性自体の最も厳密な自己表現として、つまり感受性そのもののてにをはのごときものとして自立させる》詩という、ひとつの肯定性を〈てにをはのごときもの〉としての〈感受性〉という定式において主張したのである。ここでさりげなくもちだされた〈てにをはのごときもの〉とはそもそも何だったのか。大岡はここではこれ以上の見解を示していないので、おそらくこのことばの真意はそれほど深く理解されることなく、ことばのちょっとした言い回しの技術ぐらいにしか考えられなかっただろう。大岡もそれをわかりやすく言えているわけではなく、後年になって断片的にこの概念を明らかにしようとしていたのである。《「てにをは」とはいったい何のことか。助詞のことにほかならない。それ自体では自立もできない付属語が、一篇の詩を生かしもし、殺しもするというのが、日本の詩歌の生理にほかならなかった》（前出）ということまでは言えても、大岡にしてそれ以上のことは十分に語りつくせなかったと言わざるをえない。「われは聖代の狂生ぞ」のなかに芭蕉をめぐるこのあたりの問題が論じられているので、ぜひ参照してもらいたい。

「てにをは」とは何か。本書で大岡の「てにをは」論を強調したのは、そこに明快な解答があるからではなく、大岡にしてこの問題は《書くのは気が重い》ほどの難題だったのであり、そこに未解決の問題が山積していることを日本の詩歌に関与する者たちがどのようにかかえていくべきなのかを示そうとしたからである。そして日本語で詩歌を書こうとする者にとってはこの課題は避けられないものである。

だからつぎの大岡のことばは残されたわれわれにとって根源的な問題意識となるべきものであり、ことばを問うことが宿命的なものであることへの痛切な意識を呼び起こすものとならざるをえない。


言葉はそれ自身を意味、音声、文字としてたえず対象化し、外在化するシステムだが、まさにそれゆえに、その働き自体は、対象化され得ず、外在化され得ないものでありつづける。そして、この働きそのものが、つまり言葉にほかならなかった。対象化された言葉を対象化した、対象化されぬ言葉があるのだ。そして、詩はまさに言葉のこの両面性のあいだで、たえず行為しようとしている何かにほかならない。それは、行為するが、行為のさなかにあってみずからを対象化することはない。その行為の結果としての詩篇が、対象化されたものとしてわれわれに残されるだけである。

だから、詩は、必ずしも常に主題によって先行されてはいないが、言葉によって常に先行されているのである。(「言葉のエネルギー恒存原理」本書一九八頁)

初出一覧

Ⅰ　ことばの力

新しい抒情詩の問題　『抒情の批判』晶文社、一九六一年
言葉の問題　同右
言葉の現象と本質（抄）『現代芸術の言葉』晶文社、一九七一年
『現代芸術の言葉』あとがき（抄）　同右
言葉の出現（抄）『言葉の出現』晶文社、一九七一年
言葉の力　『ことばの力』花神社、一九七八年
詩とことば　『詩とことば』花神社、一九八〇年

Ⅱ　「てにをは」の詩学

現代芸術の中心と辺境（抄）『肉眼の思想』中央公論社、一九六九年
序にかえて――『うたげと孤心』まで　『うたげと孤心』集英社、一九七八年
われは聖代の狂生ぞ　『日本詩歌紀行』新潮社、一九八八年
詩の「広がり」と「深み」――博識否定が語るもの　『詩の日本語』中央公論社、一九八〇年
詩の「鑑賞」の重要性――語の読み方が語るもの（抄）　同右
感受性の祝祭の時代　『蕩児の家系』思潮社、一九七五年
言葉のエネルギー恒存原理　同右

〔著者略歴〕

大岡信（おおおか・まこと）

1931 年、静岡県三島市に生まれる。2017 年没。

東京大学文学部国文学科卒。東京芸術大学名誉教授。日本の戦後詩を中心に担った詩人、批評家。詩集『記憶と現在』『悲歌と祝禱』『水府』『大岡信詩集』など多数。著書に『蕩児の家系――日本現代詩の歩み』『紀貫之』『うたげと孤心』『日本詩歌紀行』などのほか『折々の歌』がある。

[転換期を読む 33]
思考することば

2024年9月10日　初版第一刷発行

本体2400円＋税――――定価

野沢啓――――編・解説

西谷能英――――発行者

株式会社　未來社――――発行所

東京都世田谷区船橋1－18－9
振替00170-3-87385
電話(03)6432-6281
http://www.miraisha.co.jp/
Email:info@miraisha.co.jp

萩原印刷――――印刷・製本

ISBN 978-4-624-93453-8 C0392